Les grandes notions philosophiques

2. La société, le pouvoir, l'État

Denis Collin
Professeur agrégé de philosophie
Docteur de l'université

MÉMO

Seuil

MÉMO

Collection dirigée par Jacques Généreux et Edmond Blanc

Extrait du catalogue

PHILOSOPHIE

7. *Les Grands Courants de la philosophie ancienne.* Alain Graf
8. *Les Grands Courants de la philosophie moderne.* Alain Graf
9. *Les Grandes Œuvres de la philosophie ancienne.* Thierry Gontier
10. *Les Grandes Œuvres de la philosophie moderne.* Thierry Gontier
11. *Lexique de philosophie.* Alain Graf et Christine Le Bihan
36. *Les Grands Courants de la philosophie politique.* Michel Terestchenko
51. *Lexique de psychanalyse.* Frédéric de Scitivaux
52. *Les Grandes Notions philosophiques (1. La connaissance, la raison, la science).* Michel Coudarcher
53. *Les Grandes Notions philosophiques (2. La société, le pouvoir, l'État).* Denis Collin
54. *Les Grandes Notions philosophiques (3. La justice, le droit).* Denis Collin
55. *Les Grands Philosophes contemporains.* Alain Graf
56. *Aborder la philosophie.* Yves Cattin
57. *Les Grands Problèmes de l'éthique.* Christine Le Bihan
58. *Les Grands Courants de la philosophie des sciences.* Marie-Dominique Popelard et Denis Vernant

ISBN 2-02-030826-6

SOMMAIRE

1 INTRODUCTION

● Les notions abordées ici sont au carrefour de la théorie des sciences sociales et de la **philosophie politique**. La métaphysique recherche la **vérité** et vise l'Être. La philosophie morale tente de découvrir une norme universelle – si elle existe – qui permette de penser de manière objective les notions de **bien** et de **mal**. L'objet de la philosophie politique (▶ **chapitre 6**) est plus difficile à délimiter. Elle a affaire aux sciences sociales, à l'histoire, à la morale ou au droit, mais ne se réduit pas à ces disciplines.

● Les sciences de la nature parviennent à un consensus relatif qui permet d'en valider les résultats. Les règles morales, quelles que soient leurs justifications, se présentent également assez aisément comme des règles communes. A l'inverse, la philosophie politique est confrontée à **la pluralité irréductible des opinions**, qui semble défier toute tentative de parvenir à des lois générales et à des théories qui puissent servir de référence. Les philosophies politiques sont aussi des enjeux des affrontements sociaux ; elles sont utilisées comme systèmes de légitimation ou comme arme critique, ce qui en travestit souvent le sens (▶ **chapitre 10**).

● On ne peut comprendre la vie politique sans une théorie globale de la **société** (▶ **chapitres 2 à 5**). Pourtant, des modèles théoriques proches aboutissent à des conclusions pratiques opposées. Inversement, des modèles théoriques opposés conduisent à des conclusions pratiques proches.

● La réflexion s'articule autour de quelques grandes questions, retravaillées à toutes les époques : l'individu et la cité, la liberté et **l'État**, la liberté et l'égalité. Mais il n'est pas besoin de reprendre l'idée de l'histoire comme réalisation d'un plan de la nature (▶ **chapitre 1**) pour déceler le déplacement des questions au fil de l'histoire humaine. Les anciens se posent la question de la cité (▶ **chapitre 3**), les modernes, celle de l'État (▶ **chapitres 7 à 9**) ; c'est, peut-être, davantage la question du **pouvoir** et de la domination qui préoccupe nos contemporains (▶ **chapitre 11**). Ainsi, l'ordre des problèmes recoupe souvent l'ordre historique. Mais c'est la question de la liberté et des conditions de possibilité de la démocratie qui formera la trame de nos réflexions.

L'HOMME ET LA SOCIÉTÉ

A. ANIMAL POLITIQUE ET ANIMAL SOCIAL

Aristote (384-322 av. J.-C.) rattache l'homme à son genre (animal), puis procède à la spéciation par l'ajout d'un prédicat propre à définir l'espèce : l'homme est un animal rationnel, qui parle, qui pense, qui a une âme, qui fabrique des outils, qui vit en société, etc. **Aristote définit l'homme comme** *zoon politikon*, **animal politique, l'animal qui vit dans une cité** (*polis*).

On a traduit l'expression d'Aristote par « **animal social** ». Cette deuxième définition est cependant plus large et plus imprécise que la première. Nous vivons dans une cité ou dans une République, mais nous appartenons à de nombreuses sociétés qui apparaissent comme des sphères enchevêtrées. Nous appartenons à une famille, à une commune, à une région, à une République, mais aussi à une entreprise, à de multiples associations, à des réseaux de relations amicales, d'affaires, etc. La société en général est alors une entité mal définie, comme le nom qui résume l'ensemble de nos appartenances sociales. Elle apparaît d'une manière double.

- **La société, c'est l'ensemble de nos rapports aux autres.**

Ces rapports avant tout sont fondés sur le besoin. La première forme de rapport social est ainsi celle qui unit l'enfant à ses parents. La nécessité de coopérer s'exprime dans la division du travail. Comme le dit Aristote, le médecin n'a pas besoin d'un autre médecin, ni le cordonnier d'un autre cordonnier, mais le médecin a besoin du cordonnier et le cordonnier a besoin du médecin. Ainsi, le besoin naturel, que nous partageons avec les animaux, s'exprime-t-il directement comme rapport avec les autres hommes. Or ce n'est pas seulement un **rapport objectif**. Il est toujours établi par l'intermédiaire du langage, et donc il est pensé. C'est un rapport entre un moi et des autres pensés comme des autres « moi ». C'est aussi un **rapport intersubjectif**.

- **Le rapport social apparaît comme la formation d'une entité située au-delà des rapports interindividuels.**

Sous cet angle, la société, loin d'être un besoin de l'homme, semble avoir son essence dans la contrainte. On remplit ses « obligations sociales ». Cette contrainte est celle de l'État et de la loi, mais aussi celle qu'imposent les « bonnes mœurs », les règles et conventions de notre groupe, ou encore l'opinion des autres. A la racine de toute organisation sociale, nous trouvons un ensemble de contraintes qui s'imposent à tous, dépassant toutes les volontés individuelles et donnant au fait social le caractère d'un **fait objectif.**

B. L'INSOCIABLE SOCIABILITÉ DE L'HOMME

La sociabilité naturelle de l'homme se présente donc de manière ambivalente, comme besoin et comme contrainte, à la fois intersubjective et objective. Cette ambivalence est une marque essentielle de la nature humaine selon Kant (1724-1804), qui pose le problème dans son *Idée d'une histoire universelle au point de vue cosmopolitique.*

a. Instinct et raison

• **L'histoire, quand elle cherche à comprendre, selon des lois régulières, les actions humaines, ne peut atteindre son but qu'« en considérant *globalement* le jeu de la liberté du vouloir humain »**. L'individu humain est un mixte. Ses actions ne sont pas explicables uniquement par l'instinct, mais il n'est pas pour autant un être pleinement raisonnable. Il est vain de supposer chez les hommes un dessein personnel raisonnable dans l'ensemble. « On ne peut se défendre d'une certaine humeur lorsqu'on voit exposés leurs faits et gestes sur la grande scène du monde et que, à côté de quelques manifestations de sagesse ici ou là pour quelques cas particuliers, on ne trouve pourtant dans l'ensemble, en dernière analyse, qu'un tissu de folie, de vanité infantile, souvent même de méchanceté et de soif de destruction puériles : de sorte qu'à la fin on ne sait plus quel concept on doit se faire de notre espèce si imbue de sa supériorité. » Kant se propose de découvrir derrière cette « marche absurde des choses humaines un dessein de la nature ».

• **Si chaque créature est amenée à déployer toutes ses dispositions naturelles**, chez l'homme, ce n'est pas possible dans l'individu mais seulement dans l'espèce. D'où les deux propositions suivantes :

1. « La nature a voulu que l'homme tire entièrement de lui-même tout ce qui dépasse l'ordonnance mécanique de son existence animale, et qu'il ne prenne parti à aucune autre félicité ou

perfection que celles qu'il s'est lui-même créées, indépendamment de l'instinct par sa propre raison. »
2. « Le moyen dont se sert la nature pour mener à bien le développement de toutes ses dispositions est leur antagonisme dans la société, pour que celui-ci se révèle être cependant en fin de compte la cause d'un ordre légal de celle-ci. »

b. L'insociable sociabilité

- **L'*insociable sociabilité* de l'homme désigne les tendances égoïstes** par lesquelles l'individu s'affirme face aux autres et contre les autres, et qui trouvent leur aboutissement dans la création d'un ordre légal, c'est-à-dire dans la constitution d'une organisation sociale raisonnable. L'homme n'est pas simplement un animal social. Il a, à la fois, une inclination à s'associer et une tendance à se singulariser et à s'isoler. C'est en cherchant à surmonter les résistances à cette dernière tendance que l'homme développe ses talents et ses lumières.
- **L'homme devient un être social précisément dans la mesure où il cherche à s'affirmer comme individu** qui veut se diriger lui-même selon son propre point de vue. Et c'est par là que, avec le temps, il peut « transformer la grossière disposition naturelle au discernement moral en principes pratiques déterminés et, finalement, convertir en un tout moral un accord avec la société pathologiquement extorqué ».
- **On retrouve un thème classique du XVIIIe siècle : l'homme devient un être social parce qu'il est un individu égoïste.** La dynamique de ses passions le pousse à établir un ordre social. C'est ce même thème que Hegel (1770-1831) mettra en scène sous le nom de « ruse de la raison ». Il reste cependant une différence essentielle entre Hegel et Kant. Pour ce dernier, si l'individu se réalise socialement dans l'espèce, cela se comprend comme le **plan de la nature**. Pour Hegel, l'ordre social est le moment où s'affirme la raison comme liberté humaine **contre** l'ordre de la nature, qui n'est que nécessité et contingence.

• **Il s'agit maintenant d'envisager la question de la constitution du politique :** comment expliquer la genèse de cette instance spécifique que les anciens nommaient « cité » et que nous appelons « État » ? Il ne s'agit pas tant de rechercher une origine historique – les premières formes d'organisation politique des sociétés humaines sont si lointaines que nous sommes réduits souvent aux conjectures – que d'en déterminer les **fondements théoriques**.

• **Le récit historique et le mythe semblent indissociables de toute conception politique.** Concevoir la cité en référence à une origine et à une fondation, c'est une manière courante de légitimer une conception politique. La vie même de la cité semble demander ce type de récit. Les fondateurs – les législateurs chez les Grecs – bénéficient d'un culte qui les place en position intermédiaire entre les hommes et les dieux.

• **Ce besoin d'origine renvoie à l'idée, très ancienne, que la vérité est dans le passé** et que l'histoire n'est que sa lente dégradation. Sans doute, l'origine commune fournit-elle une ascendance commune permettant de considérer nos concitoyens comme frères, sœurs ou comme cousins. Ainsi, on « naturalise » le « vouloir vivre ensemble » sans lequel aucune communauté politique n'est possible.

A. CONNAÎTRE PAR LES CAUSES

a. Ordre chronologique et ordre causal

• **Le grand mérite d'Aristote** est précisément de refuser de penser le politique par référence (et différence) à un passé ou à un modèle idéal. Penser scientifiquement, c'est pour Aristote connaître les causes de ce qui est ou, plus exactement, connaître **par** les causes. Or, si l'« épistémologie spontanée » nous pousse à identifier antériorité chronologique et causalité logique, Aristote sépare clairement ces deux ordres de la pensée, tout comme il oppose ce qui est connaissable en premier pour nous et ce qui est premier en soi.

• **On ne peut comprendre la pensée politique d'Aristote qu'en la ramenant à sa conception générale de la science** et de la philosophie comme science, dont les deux piliers sont la théorie du syllogisme et la théorie de la causalité.

b. La méthode scientifique

• **Une proposition n'est établie scientifiquement que si elle peut être déduite comme conséquence d'un syllogisme** en bonne et due forme, comme conclusion valide de prémisses elles-mêmes validées. Or, les prémisses d'un syllogisme sont des propositions antérieures au sens logique (elles viennent nécessairement avant la conclusion) mais elles n'ont aucun rapport, parce qu'elles ne sont pas du même ordre, avec une antériorité chronologique.

• **L'idée moderne de la causalité** se ramène, plus ou moins, à la thèse empiriste qui ne voit dans la relation causale que la constatation répétée de la consécution de deux événements. Si chaque fois qu'on constate X, on peut ensuite observer Y, on dira que X est la cause de Y. Pour Aristote, il en va autrement. La science n'est pas réduite à la connaissance des phénomènes ; elle nous emmène directement aux choses elles-mêmes. C'est pourquoi l'idée de cause chez Aristote résume toutes les déterminations de l'objet à connaître. Ainsi la cause a-t-elle quatre dimensions principales.

• **Elle est d'abord cause matérielle,** comme l'airain dont la statue est faite ; elle est ensuite la **forme**, comme le plan établi par l'architecte est la cause de la maison. Ces deux premières causes sont **internes**.

• **Les deux suivantes sont externes.** Il s'agit de la cause que les aristotéliciens ont qualifiée d'**efficiente** ou motrice. Elle est le principe du mouvement et du repos, et désigne l'agent ou l'auteur comme le père est la cause de l'enfant. La dernière cause est la **cause finale**, qui désigne la fin ou le bien de toute chose, ou encore « cause en vue de quoi ».

• **Pour Aristote, la cause efficiente n'est pas essentielle.** En revanche, la cause finale, contre laquelle Spinoza et Descartes concentreront leur critique, est la cause la plus importante dans l'ordre de la connaissance des choses naturelles : « Il semble que la première cause soit celle que nous appelons "en vue de quoi" ; en effet, elle est "raison" et la raison est principe, aussi bien dans les produits de l'art que dans ceux de la nature. » Et « la nature est fin : ce que chaque chose, en effet, est une fois que sa genèse est achevée, c'est cela que nous disons être la nature de cette chose ».

B. DÉFINITION DE LA COMMUNAUTÉ POLITIQUE

a. De la communauté

La cité est d'abord définie comme une « certaine communauté ». Comme toutes les communautés humaines, elle procède de la nécessité pour des êtres humains de s'associer en vue de certaines fins. Chaque communauté peut ainsi être définie par sa cause.

- Les hommes et les femmes forment des **couples** en vue de la procréation, car ils ne peuvent exister l'un sans l'autre.
- **La maisonnée**, regroupant les parents, les enfants et les esclaves, forme un autre genre de communauté, qui vise à satisfaire les besoins de la vie quotidienne.
- **Le village** est formé de plusieurs familles, entrant en relation en vue de satisfaire des besoins autres que ceux de la vie quotidienne. Le village est une sorte de « colonie de la famille », une extension du système familial et non une organisation proprement politique. On le voit au fait que cette communauté, en général, est dirigée par un roi. Ainsi, la monarchie est la forme de gouvernement propre à une communauté qui n'est pas encore accomplie.

b. La fin de la cité est le Bien suprême

- **Ce qui fait de la cité politique une communauté particulière**, « la plus éminente de toutes et qui contient toutes les autres », c'est qu'elle a pour fonction non quelque but particulier, non quelque fin qui est elle-même un moyen pour une autre fin, mais bien la fin ultime, le Bien suprême, qui est, pour Aristote, le bonheur. Dans la mesure où **la cité politique a pour fin le Bien suprême**, dans l'ordre des institutions humaines, elle est elle-même la fin dans laquelle toutes les communautés trouvent leur accomplissement.
- Si la **cause finale de la cité**, sa raison, est le Bien suprême, qui est recherché pour lui-même et non comme moyen pour atteindre une fin extérieure, quelle est la cause matérielle de la cité ? Les autres communautés sont comme la matière de la cité : « La communauté achevée formée de plusieurs villages est une cité. » Comment sait-on que la communauté est achevée ? La réponse d'Aristote est conforme à sa physique : un être achevé est un être qui peut vivre par lui-même, qui n'a pas besoin d'un autre. La communauté achevée est donc celle qui « a atteint le niveau de l'autarcie », c'est-à-dire qui peut se suffire à elle-même.

• Il y a donc une taille optimale pour une cité, celle qui per . **l'autarcie.** Au-delà, on n'aura plus affaire à une cité mais à un assemblage de cités plus ou moins artificiel et, comme tel, dépourvu de toute consistance. Cette thèse, parmi des dizaines d'autres, suffit à montrer en quoi Aristote pose des questions essentielles qui sont encore les nôtres.

c. La forme et la cause efficiente de la cité

Restent la cause formelle et la cause efficiente de la cité. La forme de la cité ne peut être que l'ensemble des déterminations qui font qu'elle est telle et non autrement. Cette forme, le « qu'est-ce que c'est que », est sa constitution, son caractère propre de cité, c'est-à-dire sa *politéia*. Les lois, en tant qu'elles expriment en un discours rationnel cette constitution de la cité, sont sa forme même.

Il est remarquable que l'agent, par qui la cité fut fondée et qui lui donna sa constitution, occupe si peu de place dans l'exposé d'Aristote. Certes, « le premier qui l'établit fut la cause des plus grands biens ». Mais on n'a pas besoin d'en savoir beaucoup plus car la science du politique ne réside pas dans les leçons de l'histoire.

Le modèle d'Aristote est un **modèle naturaliste**. Les catégories qui permettent de penser la cité sont celles qui ont été utilisées pour la compréhension des êtres naturels en général. Il reste à explorer quelques-unes des conséquences de cette conception naturaliste.

C. NATURALITÉ DE LA CITÉ

a. Pourquoi la cité est naturelle ?

• **La cité est la fin d'un processus naturel** qui, si « on commence par le commencement », part du besoin élémentaire de l'individu vivant et se développe suivant sa dynamique propre. Son développement est en quelque sorte spontané ; c'est pourquoi le problème de l'agent ou du premier fondateur qui permet d'établir la cité est si peu important.

• **L'idée d'un « état de nature »**, propre aux théoriciens de l'époque moderne, **est donc profondément étrangère à la pensée d'Aristote.** Un homme à l'état de nature, c'est-à-dire un homme qui vivrait naturellement en dehors de la cité – hormis ceux qui se trouvent accidentellement ou volontairement à ie politique –, serait « soit un être dégradé, soit un in ».

ntériorité de la cité

ande qu'on admette, et en quelque sorte comme conséquence de cette première caractéristique, l'antériorité de la cité. « La cité est par nature antérieure à une famille et à chacun de nous. » Aristote, en proposant de « commencer par le commencement », aborde le couple, puis le foyer, enfin le village. Et voici que la cité est « antérieure » à tout cela. Elle n'est pas antérieure dans l'ordre d'apparition empirique : pour faire une cité, il faut des hommes vivants dont les familles se sont regroupées en villages. Si ce n'est pas dans l'ordre temporel du développement naturel, **c'est nécessairement dans l'ordre logique des raisons que la cité affirme son antériorité**. La rupture de la pensée politique avec l'ordre du récit mythique ou historique est ici parachevée.

c. La cité comme organisme

Naturalité et antériorité se condensent dans une conception « organiciste » et « holiste » de la communauté politique (▶ **chapitre 4**). « Le tout est nécessairement antérieur à la partie. » Les différentes parties qui composent la cité n'ont pas plus d'autonomie que les différentes parties du corps.

d. L'animal politique qui parle

D'autres animaux vivent en sociétés organisées, ainsi l'abeille et plus généralement les « animaux grégaires ». Mais quand Aristote nomme « politiques » ces autres animaux grégaires, à l'évidence, il s'agit d'une analogie et non d'une caractérisation scientifique, car les abeilles ou les fourmis ne peuvent former véritablement une *polis*. Aristote en donne la raison : « Seul parmi les animaux, l'homme a un langage. » Les animaux ont des cris qui permettent d'exprimer des émotions ou des codes pour échanger des informations vitales. Mais le caractère essentiel du langage humain est qu'il est producteur de **valeur**. Il « existe en vue de manifester l'avantageux et le nuisible, et par suite le juste et l'injuste ».

e. L'animal qui connaît le juste et l'injuste

- **L'homme n'a pas seulement besoin des autres pour vivre** ; la vie des communautés humaines repose sur un ordre de valeurs que, seul, le langage peut manifester. « La vertu de justice est politique, car la justice introduit un ordre dans la communauté politique. »

- **Une communauté politique véritable**, conforme à ce qu'elle est dans son essence accomplie, est donc **une communauté ordonnée selon la justice.** La vertu de justice (objet du livre V de l'*Éthique à Nicomaque*) apparaît ainsi comme l'articulation centrale du politique et de l'individuel.

f. De la cité à l'État

Aristote pose les fondements d'une philosophie politique autonome, d'une science qui ne soit pas simplement une annexe de l'histoire ou de la morale. L'objet de cette science est défini : l'organisation de la cité et plus précisément des conditions de la formation d'une cité juste. **Ce qui permet de définir la justice dans la cité, c'est sa forme, sa *politéia***, c'est-à-dire le mode d'organisation du gouvernement. Aristote reprend en la transformant profondément la typologie des gouvernements dressée par Platon mais, à la différence de son maître, il aboutit à la conclusion que le meilleur gouvernement possible est celui des citoyens, que nous pourrions aujourd'hui appeler démocratie. **Le terme « État » n'intervient pas encore.** Le modèle d'Aristote est la cité grecque, dont la plus haute expression est la démocratie athénienne. Il ne permet pas encore de penser au sein de la cité la spécificité de l'État moderne comme corps particulier, distinct des magistrats et des diverses classes ; et la question de l'autorité des gouvernants reste dans l'ombre tant Aristote semble la réduire à la question du gouvernement juste. On verra bientôt que concevoir l'État dans sa spécificité suppose que l'on rompe avec la problématique naturalisante d'Aristote.

L'ambivalence de la sociabilité humaine forme la matrice des grands types d'épistémologie des sciences sociales.

- Si l'on considère que l'action des individus fournit le principe explicatif ultime des faits sociaux, on parlera d'**individualisme méthodologique**.
- Si les structures sociales sont tenues pour les seuls objets pertinents, à partir desquels l'action des individus eux-mêmes peut être expliquée, on parlera de **holisme méthodologique**.

Ces problèmes ont été soulevés à la fin du siècle dernier et au début de ce siècle par les grands fondateurs de la sociologie moderne : en France, Émile Durkheim (1858-1917), en Allemagne, Max Weber (1864-1920).

A. LES RÈGLES DE LA MÉTHODE SOCIOLOGIQUE

a. Le fait social

- Pour Durkheim – dans les *Règles de la méthode sociologique* –, c'est le fait social qui est premier, au moins dans l'ordre de la connaissance. Trois critères permettent de reconnaître un fait social :

1. **la contrainte :** elle « est fait social, toute manière de faire, fixée ou non, susceptible d'exercer sur l'individu une contrainte extérieure » ;
2. **la généralité :** le fait social est général « dans l'étendue d'une société donnée tout en ayant une existence propre » ;
3. **l'indépendance par rapport au psychisme individuel.**

Il faut « considérer les faits sociaux comme des choses », dit encore Durkheim.

- **Ce sont non pas des choses matérielles**, mais « **des choses au même titre que les choses matérielles, quoique d'une autre façon** ». Certes, les faits sociaux sont les œuvres d'individus humains, mais cette considération générale n'est d'aucune utilité pour la connaissance, car « la majeure partie des institutions sociales nous sont léguées toutes faites par les générations antérieures ; nous n'avons pris aucune part à leur formation et, par conséquent, ce n'est pas en nous interrogeant que nous pourrons découvrir les causes qui leur ont donné naissance. De plus, alors même que nous avons collaboré à leur genèse, c'est à peine si nous entrevoyons de la manière la plus confuse, et souvent même la plus inexacte, les véritables raisons qui nous ont déterminés à agir et la nature de notre action ».

b. Durkheim applique sa méthode à l'étude du suicide

Il s'agit sans doute d'un acte purement individuel, confrontant l'individu avec lui-même. Toutefois, Durkheim montre, à partir de données statistiques, que le suicide obéit à des déterminations sociales : plus un individu est socialement intégré, moins grande est la probabilité qu'il se suicide. Or, les concepts d'**intégration** et d'**anomie** (c'est-à-dire d'absence de règles) décrivent non pas des dispositions individuelles mais un système de relations sociales.

c. La contrainte sociale

Ainsi, **il n'y a de sens à parler d'individu que comme individu socialisé**, inséré dans un réseau plus ou moins cohérent de relations sociales qui le contraignent et le déterminent. L'individu n'existe que dans la mesure où il est socialement contraint. La sociologie affirme l'autonomie du fait social, comme garantie de son statut de science. Elle se fonde sur un déterminisme social radical : non seulement les faits sociaux sont expliqués par d'autres faits sociaux (et non par le psychisme des individus), mais encore les actes des individus eux-mêmes peuvent être expliqués à partir de causes sociales.

B. INDIVIDUALISME MÉTHODOLOGIQUE

A bien des égards, Weber se situe à l'opposé de Durkheim. Il reprend la distinction établie par Wilhelm Dilthey (1833-1911) entre les sciences donnant des explications causales, comme les sciences de la nature, qui reposent sur des lois donnant des prédictions, et les « sciences de l'esprit », qui reposent sur la compréhension et l'interprétation des comportements. **Expliquer et comprendre**, tels sont les deux principes des deux sciences. Weber veut fonder une sociologie compréhensive.

a. La sociologie compréhensive

La sociologie est possible comme science parce que le comportement humain a des **régularités**. Ce qui est humain, c'est que leur développement se laisse interpréter de façon **compréhen-**

sible. La manière la plus évidente de comprendre un comportement humain, c'est ce que Weber appelle une « interprétation rationnelle par finalité ». Les actes des individus doivent être compris comme autant de moyens rationnels (pour l'individu) en vue d'atteindre une fin quelconque. Certes, ce type d'explication ne couvre sans doute pas tout ce que nous voulons expliquer :

- **dans de nombreux processus psychologiques**, seulement une faible partie est compréhensible ;
- on doit aussi considérer **le rôle des émotions**, des états affectifs, etc., dans les processus sociaux, c'est-à-dire voir l'importance des états « irrationnels par finalité » ;
- mais ce qui se laisse interpréter rationnellement par finalité constitue un **type idéal.**

b. L'individualisme méthodologique

Weber pose les principes du rapport essentiel entre la sociologie compréhensive et l'individualisme méthodologique.

- Seul, l'individu est porteur d'un comportement significatif. (Si l'on attribue un comportement significatif à un groupe, c'est par métaphore.)
- Des êtres collectifs ont une personnalité pour le droit, pas pour la sociologie.

C'est un choix **épistémologique**. Weber ne dit pas que les individus constituent la réalité ultime. Mais c'est seulement à l'échelon de l'individu que la sociologie peut être compréhensive. C'est aussi **un choix concernant l'ontologie de l'être social** : ce qu'on peut penser, ce qui a un comportement significatif, c'est l'individu doué de raison et agissant intentionnellement. Quand on étudie le comportement de structures agrégeant les individus pour en chercher la rationalité, c'est sur le mode du **comme si** : tout se passe comme si telle ou telle institution avait une fin et agissait rationnellement.

c. L'activité rationnelle par finalité

A partir de là, Weber définit **l'activité communautaire** comme activité qui se rapporte, subjectivement, de façon significative, au comportement d'autrui. Cette activité est l'objet primaire de la sociologie. L'activité communautaire est typiquement l'activité orientée par des **expectations** : on attend d'autrui qu'il ait un comportement rationnel, obéissant au même type de règles d'enchaînements que ce qu'on perçoit de son propre comportement.

Si autrui a passé des accords avec d'autres, on s'attend, par exemple, que ces accords seront respectés. « Cela confère à l'activité communautaire une particularité qualitative spécifique parce qu'on assiste à un élargissement sensible du cercle des expectations d'après lesquelles l'agent croit pouvoir orienter sa propre activité d'une manière rationnelle par finalité. »
Weber définit un cas limite de l'activité rationnelle par finalité. C'est l'orientation de l'activité par ce que l'on croit être sa **valeur** (par exemple le devoir).

d. Individualisme méthodologique et communauté

Weber étudie d'abord les activités communautaires fondées sur des règlements explicites (la bureaucratie). Il y a cependant de nombreux cas d'activités communautaires sans règlement convenu, que l'on doit considérer « comme si » elles procédaient d'un **règlement convenu**. De nombreuses activités communautaires, même si elles ne se sont pas développées subjectivement en fonction d'une intention, peuvent être interprétées « comme si » elles résultaient d'un règlement convenu (exemple : l'activité économique). L'exemple « idéaltypique » est celui de la communication langagière.
En conclusion, la définition de l'homme comme animal social continue de poser problème. Non que l'on conçoive un homme asocial ou que l'on prenne le mythe logique de l'état de nature pour une réalité historique : que la dimension du rapport aux autres, non seulement comme **rapport interindividuel** mais aussi comme rapport avec des **entités sociales**, soit la dimension essentielle de la condition humaine, tout le monde en convient. Ce qui est en cause, c'est la nature même de ces rapports, et la discussion sur ce point peut avoir de nombreuses conséquences en philosophie politique.

5 L'INCONSCIENT DU SOCIAL

A. L'HYPOTHÈSE DE L'INCONSCIENT

a. La détermination sociale des individus

Si l'on admet l'autonomie du social, au moins du point de vue de la connaissance, il reste à expliquer comment s'effectue la détermination sociale des actes des individus, car cette détermination est rarement explicite. Certes, la majorité des individus obéit aux lois, aux règlements, aux leçons de morale de leurs parents, etc. Ainsi, les comportements sociaux, pour une part, sont déterminés par notre capacité à comprendre et à agir raisonnablement : je respecte le code de la route parce que j'ai appris le sens des symboles et parce qu'il me semble raisonnable, du strict point de vue de ma propre conservation, de ne pas « griller » les feux rouges.

b. Fonction de l'hypothèse de l'inconscient

A ce stade du respect des règles explicites (ou parfois implicites) par un individu agissant rationnellement en vue d'une fin, on reste dans le cadre de l'explication de la constitution du social comme résultat des actes d'individus rationnels (même si l'on admet que cette rationalité n'est pas parfaite). Pour expliquer les déterminismes sociaux, on doit postuler que nous accomplissons de nombreuses actions sans avoir conscience ni de leurs raisons ni de leurs causes réelles. Ainsi, on réintroduit l'hypothèse de l'inconscient de Freud (1856-1939), d'abord avancée comme hypothèse explicative du fonctionnement du psychisme individuel, et qui prend ici une dimension sociale.

B. LA TRANSCENDANCE DU SOCIAL

a. Un conditionnement social inconscient

Là où nous croyons poursuivre librement nos propres fins, il faudrait supposer des causes que nous ne connaissons pas. Je crois librement aimer tel tableau ou être ému à telle œuvre musicale, mais ces goûts sont eux-mêmes socialement conditionnés, à mon insu.

b. Le mythe, voie d'accès à l'inconscient social

De même que le rêve est chez Freud la voie royale ouvrant à la compréhension de l'inconscient individuel, de même le mythe constitue la voie d'accès à l'inconscient social. Le mythe di d'abord que **le fondement réel de l'ordre social n'est pas dans l'ordre explicite ordinaire**. L'animal totémique, représentant l'ancêtre mythique, les histoires fabuleuses qui doivent expliquer l'origine des techniques ou des coutumes de tel ou tel groupe humain, les « histoires de famille » ou la manière dont chaque nation raconte sa propre histoire en la reconstruisant *a posteriori*, tout cela montre que l'ordre social est pensé non comme un ordre **immanent**, produit de l'activité humaine, mais bien comme un **ordre transcendant**, condition préalable de toute vie sociale. L'ordre social apparaît comme un **ordre institué**. Le mystère de cette institution est atteint dans le mythe et c'est ce mystère qui travaille l'imaginaire collectif.

C. NATURE ET CULTURE : L'ORDRE FAMILIAL

a. La famille, fait de nature ?

La famille apparaît comme une structure sociale que nous avons en commun avec de nombreuses espèces animales. Le groupe familial assure les besoins naturels de la subsistance et de la reproduction. En même temps, dans l'espèce humaine, la famille apparaît comme le premier lieu de socialisation de l'individu humain. Dans la famille s'articulent nature et culture, passage d'un ordre naturel (encore animal) à un ordre humain (social). Pour Aristote, la naturalité de la famille ne fait aucun doute ; dans cette structure élémentaire, on trouve (seulement en puissance) tout ce qui sera développé (en acte) dans la cité achevée. Imposée par la nature (il faut un père et une mère pour faire un enfant), l'organisation familiale acheminerait ainsi l'homme vers sa condition sociale propre.

b. L'apport de l'anthropologie

La vision d'une origine naturelle et transparente de la sociabilité humaine est réfutée par l'anthropologie moderne, singulièrement à travers les travaux de Claude Lévi-Strauss (né en 1908). Au terme trop vague de famille, Lévi-Strauss substitue l'étude des **structures élémentaires de la parenté**. Il montre l'existence d'un ordre institué, reposant sur un interdit universel, la **prohibition de l'inceste**, qui s'exprime dans des systèmes complexes de règles de parenté. Ces règles ne sont jamais explicites, mais la manière dont chacun est nommé : un frère ou une t pas celui ou celle qui a les mêmes parents biologiques mais celui ou celle que les règles sociales désignent :l(le).

D. LA PROHIBITION DE L'INCESTE

a. Comme fait biologique, une règle incompréhensible

Les individus auxquels s'applique la prohibition de l'inceste varient d'une population à l'autre. Telle société interdit les mariages entre cousins parallèles (cousins issus de cousins germains de même sexe), mais autorise les mariages entre cousins croisés (issus de germains de sexe différent), alors que, biologiquement, les degrés de parenté sont les mêmes. D'un autre côté, si l'on rapporte la prohibition de l'inceste à des faits culturels, l'on ne peut expliquer son universalité. Par conséquent, « elle n'est ni purement d'origine culturelle, ni purement d'origine naturelle, elle n'est pas non plus un dosage d'éléments composites empruntés partiellement à la Nature et partiellement à la Culture. **Elle constitue la démarche fondamentale grâce à laquelle, mais surtout en laquelle s'accomplit le passage de la Nature à la Culture** ».

b. Le passage de la nature à la culture

La règle de la prohibition accomplit ce passage, non parce qu'elle instituerait un ordre d'interdits et d'obligations à la place d'une supposée promiscuité naturelle, mais parce qu'elle a pour fonction d'assurer la circulation des femmes afin de maintenir la cohésion du groupe. Le revers de la prohibition est la **règle d'exogamie, règle d'échange et de réciprocité**. L'échange des femmes constitue le lieu privilégié du passage à l'ordre social « parce que les femmes ne sont pas d'abord un signe de valeur sociale, mais un stimulant naturel ; et le stimulant du seul instinct dont la satisfaction puisse être différée » ; et donc le seul pour lequel, dans l'acte d'échange, la transformation puisse s'opérer **du stimulant au signe**, ce qui définit le passage de la nature à la culture.

c. La possibilité de différer le besoin

Le social ne se construit pas directement à partir du besoin mais de la possibilité de le différer, rendant possible l'échange. La prohibition de l'inceste marque le passage à la culture proprement humaine parce qu'en différant la satisfaction sexuelle et en l'insérant dans les règles de l'échange, elle permet la transformation « du stimulant au signe », c'est-à-dire qu'elle ouvre la constitution d'un **monde symbolique**.

d. Système et structure

- **Le principe universel de la prohibition de l'inceste peut recevoir des applications très variées** que les règles matrimoniales, plus ou moins complexes, définissent. Ainsi, la diversité des institutions humaines peut être comprise comme la construction de systèmes d'échange variés mais tous explicables au moyen de principes invariants. Lévi-Strauss critique les sociologues pour qui « une institution humaine ne peut provenir que de deux sources : ou bien d'une origine historique et irrationnelle ou bien d'un propos délibéré, donc d'un calcul d'un législateur ». On ne peut comprendre les institutions humaines qu'en voyant qu'elles « sont des structures dont le tout, c'est-à-dire le principe régulateur, peut être donné avant les parties ». Inutile donc de rechercher l'origine dans un passé hypothétique. L'émergence de la culture s'est faite d'un coup puisqu'elle est l'appréhension par la pensée humaine de structures fondamentales qui la définissent.
- **Les structures sociales échappent ainsi à la pure contingence**, sans être pour autant le résultat d'un calcul rationnel des individus. Elles constituent les individus en exprimant, de manière différenciée et en exploitant toutes les combinaisons possibles, les **invariants de l'esprit humain**. Il y a comme une sorte d'inconscient de l'espèce humaine qui en fonde le caractère social. Ce n'est pas un inconscient défini, négativement, comme chaos de pulsions, mais au contraire, positivement, comme **générateur de structures**. Les règles d'exogamie ont la même fonction que le langage : assurer la communication et l'intégration du groupe.

E. PSYCHANALYSE ET SOCIÉTÉ

La théorie de Freud constitue une autre tentative d'expliquer la constitution sociale de l'espèce humaine. Partie du **traitement des troubles mentaux**, la psychanalyse a progressivement élargi ses ambitions, au point de se présenter comme une véritable anthropologie générale, articulant la compréhension du psy-

viduel et l'étude des phénomènes sociaux. Ce n'est
chologisme, au sens où Freud expliquerait les phé-
ciaux par la psychologie des individus. Dès ses pre-
la théorie analytique, en donnant au complexe
ne place centrale, fait de la relation sociale élémentaire la matrice du psychisme.

a. L'individu et l'espèce

L'hypothèse de l'inconscient, dans la première élaboration de la théorie analytique, est un concept dynamique : **l'inconscient est le résultat du refoulement**. Freud complète cette première topique inconscient/conscient d'une deuxième topique, « structurale », qui sépare le psychisme humain en trois instances, **le Ça, le Moi et le Surmoi**. Cette structure introduit une double détermination de l'inconscient. Le Ça représente, en gros, les pulsions naturelles de l'individu, alors que le Surmoi désigne l'inconscient social, l'ensemble des contraintes sociales et morales qui résultent de l'histoire de l'espèce. La personnalité individuelle, le Moi, se forme donc par **l'intériorisation de cette double source inconsciente**. Ainsi, chez Freud, les mécanismes du psychisme individuel s'expriment dans les formes de la conscience sociale. La théorie analytique peut de cette façon devenir un système capable d'expliquer aussi bien l'art que la religion ou la crise sociale de notre siècle.

b. La horde primitive et la loi

Freud, dans *Totem et Tabou*, reprend à Darwin l'idée que les hommes ont commencé par vivre dans une horde non structurée, sous la domination d'un mâle qui se réservait toutes les femmes. A partir de cette hasardeuse hypothèse, Freud cherche à **expliquer aussi bien le complexe d'Œdipe que l'institution sociale** (le totem) en supposant un événement traumatique originaire. Les frères se coalisent contre le père jaloux et exclusif, le tuent et le mangent en commun. Leurs remords et la nécessité de ne pas succomber à la discorde conduisent au pacte des frères, qui, d'une part, institue l'interdiction de tuer le père, dont la figure est déguisée dans celle du totem, et d'autre part prohibe l'inceste, par la renonciation à toutes les femmes désirées, et interdit le meurtre entre les frères. Pour ne pas être oublié, ce pacte doit être répété par la perpétuation du culte totémique et la célébration rituelle du repas des fils, dont Freud cherche la trace dans les coutumes sociales et les institutions religieuses.

c. Le mythe et son interprétation

• **Si on lit le récit freudien comme un essai d'archéologie réaliste**, il n'est pas difficile d'en réfuter le caractère scientifique. Il est préférable de le lire et de l'interpréter comme un mythe, c'est-à-dire comme une manière propre à l'esprit d'atteindre au sens de la réalité humaine. Le mythe doit être interprété. Selon Paul Ricœur (né en 1913), « avec ce renoncement à la violence, sous l'aiguillon de la discorde, on se donne tout ce qui est nécessaire à la naissance de l'institution ». Pour Freud, l'institution sociale n'est pas la rationalisation de l'utilité (nous avons besoin les uns des autres) mais « la rationalisation d'un crime ambivalent, d'un crime libérateur qui reste en même temps la blessure originelle ». Ainsi l'ordre social ne serait jamais libéré de cette violence originaire et ne pourrait se soustraire à la contrainte et à la soumission à un ordre transcendant.

• **Quels que soient les problèmes épistémologiques soulevés** par les appareils conceptuels de Lévi-Strauss ou de Freud, ces approches rejettent aussi bien l'idée d'une naturalité de la société humaine que la conception qui fait de l'ordre social un produit de l'action d'individus rationnels. Le social apparaît comme quelque chose de propre à l'esprit humain et, en même temps, comme un ordre constitutif de l'humain, logiquement antérieur à la conscience que nous avons du fait social. Les difficultés sont concentrées dans l'ordre proprement politique, c'est-à-dire quand le social n'est pas simplement conçu comme rapport entre individus tous situés sur le même plan, mais comme un ordre hiérarchique qui suppose la domination et l'obéissance, des règles et le moyen d'imposer leur application, c'est-à-dire comme un ordre politique.

6 UNE SCIENCE DU POLITIQUE ?

A. LE POLITIQUE ET LA POLITIQUE

Les philosophes parlent plus volontiers **du** politique que de **la** politique. Cette distinction, loin d'être superficielle, nous introduit au cœur de notre sujet. **La politique est l'action qui consiste à organiser le politique.**

a. La distinction entre gouvernants et gouvernés

- **La politique :** c'est l'activité des gouvernants, au sens large, ceux qui conduisent les hommes, même s'ils ne sont pas au pouvoir directement. Chez les Athéniens, la politique était par excellence l'activité du citoyen libre.
- **Le politique :** c'est l'organisation des gouvernés dans leur rapport avec les gouvernants. La *politéia* de Platon (427-347 av. J.-C.), que nous traduisons par « République », est la description de la constitution de la cité (*polis*).

b. La distinction entre science et savoir-faire

- **La politique est essentiellement pratique.** Elle suppose un savoir-faire, ou une science « immanente », comme dirait Platon, c'est-à-dire une science du type de celles – telle « la construction des charpentes » – « **qui possèdent la connaissance comme si celle-ci était originellement immanente aux actions** ».

Chez Aristote, la politique renvoie au type d'activité qu'il nomme *praxis*. Mais il y a une distinction essentielle entre la politique et les activités du type de « la construction des charpentes ». Dans la politique, ce sont les rapports entre les hommes qui s'expriment, par la seule médiation de la parole, au contraire des activités de production (*poiétiques*), où les rapports entre les hommes n'apparaissent que par la médiation des rapports entre les objets.

En ce sens, la politique n'est pas une activité comme une autre. On s'interrogera sur la signification qu'a, pour notre époque, l'idée largement partagée selon laquelle la politique est un métier qui reposerait sur un savoir-faire technique, idée qui permet de rationaliser la « technocratie ».

- **Le politique renvoie au contraire à un savoir théorique.** Pour Platon, le savoir nécessaire à qui veut diriger la cité est un savoir théorique. Il invoque d'ailleurs une raison qui peut nous paraître curieuse : il existe une « connaissance royale » ou une connaissance « relative à l'administration politique d'une Cité ». Or, pour conserver son autorité, la force des mains et du corps n'est rien « en comparaison avec la pénétration et la vigueur de l'âme ». Pour Aristote, la science du politique est une science « architectonique », une science « au plus haut point organisatrice », par opposition aux sciences d'application qui se trouvent sous sa dépendance, comme la science militaire, la rhétorique ou l'économique.

B. L'ESPACE ET L'ACTION

On peut aborder la distinction entre les deux genres du mot « politique » d'une autre manière. La politique est une activité qui constitue et se constitue par l'espace politique.

a. La délimitation originelle

La cité, comme lieu de l'activité politique, n'est possible qu'à partir d'une délimitation originelle. La cité ne se conçoit que fermée. L'idée moderne de la « mondialisation » est impensable pour les anciens ou pour les auteurs classiques. Ce qui n'a pas de délimitation est pour un Grec l'*apéiron*, ce qui ne peut pas avoir de détermination.

- **Séparation de l'intérieur et de l'extérieur :** Romulus trace un sillon qui définit l'espace de la cité. En grec, le verbe *polizo* veut dire bâtir une ville ou bâtir un mur. Cet espace est d'emblée un espace sacré. Romulus met à mort son frère Remus parce qu'il a violé cette enceinte sacrée, et donc transgressé cette délimitation originelle, condition d'existence de la cité.
- **Séparation des affaires étrangères et des affaires intérieures :** cette séparation découle immédiatement de la précédente. Elle permet de définir l'ennemi. Les Latins, plus précis que nous, distinguaient l'ennemi particulier (*inimicus*) de l'ennemi de la cité, de l'ennemi de la *res publica* (*hostis*).

b. L'espace politique

Le politique désigne donc cet espace public, présupposition de **la** politique. Il faut entendre ici « présupposition » en son sens hégélien, tout à la fois la condition et le résultat. Il n'y a pas de vie politique sans la constitution préalable de l'espace politique dans lequel elle peut se déployer, mais, en même temps, toutes les actions politiques visent à construire et à préserver cet espace public.

c. Domaine public et vie privée

• **La délimitation du domaine public est aussi une délimitation entre les genres de vie des habitants de la cité.** La vie privée doit être comprise dans son sens le plus strict. Pour Hannah Arendt (1906-1975) : « Vivre une vie entièrement privée, c'est avant tout être privé de choses essentielles à une vie véritablement humaine : être privé de la réalité qui provient de ce qu'on est vu et entendu par autrui, être privé d'une relation objective avec les autres, qui provient de ce qu'on est relié aux autres et séparé d'eux par un monde d'objets communs, être privé de la possibilité d'accomplir quelque chose de plus permanent que la vie. »

• **Cette distinction semble plus difficile à saisir à notre époque** qui tend à effacer la frontière entre vie privée et domaine public, à la fois par l'irruption de la politique dans le domaine privé, et par la « privatisation » de l'espace public, qui s'exprime, entre autres, par la confusion des vertus publiques et des vertus privées. L'effacement des frontières explique, peut-être, la désaffection des citoyens pour la vie publique et l'abstentionnisme croissant dans les pays démocratiques.

C. POLITIQUE, SOCIAL, ÉCONOMIQUE

L'autonomie d'un savoir du politique est cependant rien moins que garantie. La distinction entre cité politique et société n'est pas toujours claire (une *societas* chez les Romains était une entente politique). L'idée moderne d'une « politique économique » (et d'un savoir nommé « économie politique ») brouille la frontière entre le politique et l'économique.

a. Politique et social

Par opposition au caractère unitaire du politique, le social désigne couramment la diversité des intérêts spécifiques des habitants de la cité et des groupes qui la constituent. Pour éviter toute confusion, le vocabulaire moderne, depuis Hegel, distingue la « société civile » et l'État.

• Dans **la société civile** : le lien entre les individus n'est que « formel », dit Hegel. Ils sont les uns à côté des autres et l'universalité n'est qu'apparente.

• Dans **l'État** : on trouve l'universalité effective. L'État est une association humaine qui se maintient par sa propre force. Cette force est la reconnaissance par les individus de la suprématie de l'intérêt public, de la *res publica*. Cicéron (106-43 av. J.-C.) avait déjà fait de cette reconnaissance la loi la plus importante dictée par la « Raison naturelle et humaine ».

L'articulation de ces deux instances pose cependant de nombreux problèmes, avec lesquels la philosophie politique devra se débattre. La grande force de Hegel a été d'essayer de penser cette articulation.

b. Politique et économique

- **Pour Aristote, l'économique est la connaissance des normes de direction de la maison.** L'économie est par essence domestique. Or la maison est le lieu des dominations paternelle et despotique (celles qui concernent les rapports du père avec ses enfants et celles qui concernent les rapports du maître avec ses esclaves) et non le lieu des rapports politiques – même si Aristote remarque qu'il y a entre les époux un rapport qui, comportant une certaine forme d'égalité, est donc par là une sorte de rapport politique. Ensuite, pour Aristote, l'activité économique est un moyen pour une fin extérieure, alors que la politique, dans la mesure où elle concerne un être qui est une fin en soi, est donc **une activité qui est à elle-même sa propre fin.** Faire de l'économique une fin en soi, c'est tomber dans la « chrématistique », la recherche de la richesse pour elle-même, ce qui est contre nature. Pour un ancien, l'idée d'une politique économique paraîtrait donc aussi absurde que l'idée d'un cercle carré.
- **Quand les philosophes du XVIIIe siècle, suivant Thomas Hobbes (1588-1679), font de la prospérité économique un des objectifs fondamentaux de la politique**, ils ouvrent la voie à la perte de toute autonomie du politique. Le politique doit s'expliquer par quelque chose qui est hors de lui, et dont il n'est qu'une expression superficielle.

La philosophie politique de la fin de notre siècle est souvent marquée par l'effort pour reconquérir l'autonomie et la spécificité du politique.

D. UN SAVOIR PROBLÉMATIQUE

a. L'interrogation de Platon

- Une interrogation parcourt toute l'œuvre de Platon : **y a-t-il une science du politique ?** Est-il possible, dans le « domaine des affaires humaines » de construire un savoir rationnel, donnant des vérités de même valeur que les vérités des mathématiques ou des autres sciences ? Le pari de Platon est de répondre positivement.

• **En renvoyant la question de l'essence de la justice à celle de la construction d'une cité juste**, il ne propose ni une cité idéale pour l'avenir ni un programme réformateur. Il s'agit d'affirmer que les « affaires humaines » ne sont pas une « histoire pleine de bruit et de fureur racontée par un idiot », mais peuvent être soumises à la raison ; cette affirmation peut être prouvée en exhibant le modèle intelligible dont toute cité n'est qu'une expression sensible et dégradée.

b. Science et norme

• **La science des affaires humaines** est, d'une part, une science « dépourvue de tout accompagnement d'action », une science et non un savoir-faire. Mais d'autre part, elle n'a pas seulement pour objet de produire des jugements ; elle doit aussi donner des prescriptions. Elle est une science qui présente des analogies avec celle du médecin ou du berger.

• **La définition du politique comme objet d'une science**, et pas simplement d'une technique, contient déjà *a priori* une théorie politique normative. En séparant la vie théorétique (*bios théorétikos*) et la vie politique (*bios politikos*), consacrée aux affaires humaines, Platon établit une hiérarchie entre ces « modes de vie » : la pensée domine l'action et lui fournit des normes. Or cette hiérarchie des modes de vie devient dans *La République* une hiérarchie entre les hommes. Ceux qui sont aptes au mode de vie théorétique doivent commander aux autres. C'est la thèse des « philosophes-rois ».

• Là encore, même si l'on ne partage pas l'idée platonicienne de la république, Platon a mis en évidence **une question essentielle.** L'intrication de la science théorique et de la science normative semble impossible à rompre.

c. Science impossible

• Mais **si le politique est l'objet d'une science**, c'est que les lois de la cité sont des lois objectives, universelles et indiscutables, dès lors qu'elles ont été établies solidement par la Raison. Du même coup, c'est l'activité politique qui est privée de sens. Comment pourrait-on mettre aux voix sur l'agora ou dans l'enceinte de nos assemblées modernes un résultat de la science ? Pas plus que les lois énoncées par les sciences de la nature ne sont soumises au suffrage populaire, les lois civiles ne doivent être décidées par le peuple ou ses représentants, mais par les seuls hommes savants en matière politique, la vérité n'ayant pas à être soumise aux opinions de la multitude.

- Ainsi, l'idée d'une science du politique est inconciliable avec la démocratie, ou avec cette république fondée sur une classe moyenne nombreuse, qui, selon Aristote, est le meilleur régime possible.

d. Le problème de la philosophie politique

- **A vouloir se penser comme science du politique**, la philosophie politique semble détruire l'idée même de ce dont elle est la science. Pourtant, on ne peut renoncer à la notion du politique pensé rationnellement, faute de quoi il faudrait admettre que la vie politique est vouée au choc des passions et des intérêts particuliers, ainsi qu'à la violence, et qu'elle est irrémédiablement contingente et obscure.
- **Il faut penser que les « affaires humaines » sont décidées par des conventions** plus ou moins arbitraires, soumises simplement à une « règle du jeu » – par exemple la règle du jeu du scrutin majoritaire ou du tirage au sort par lequel les Athéniens désignaient leurs magistrats. Mais l'action politique ne peut être pensée que comme une action rationnellement orientée vers des fins que tout individu raisonnable peut vouloir se fixer.
- De telle sorte que, **si la philosophie ne peut déterminer ce qu'il faut faire** – le philosophe ne peut remplacer l'homme politique –, **elle reste nécessaire pour éclairer les conditions de la décision**. Le philosophe n'est pas mieux placé que n'importe quel citoyen pour décider s'il faut signer tel traité ou envoyer un tel ou un tel à la magistrature suprême. Mais il peut penser les conditions générales dans lesquelles des décisions de ce type peuvent être prises par la mise en commun de la parole.

LE CONTRAT ET L'ÉTAT

A. CONTRAT ET DROIT NATUREL

A la conception naturaliste d'Aristote, les temps modernes substituent une conception qui donne sa place spécifique à l'instance politique. Loin d'être l'achèvement organique de la sociabilité inscrite dans la nature humaine, l'État sera conçu comme produit d'une convention humaine. Dans l'État s'exprime un contrat (implicite) passé entre les individus qui acceptent son autorité.

a. Les divers sens du contrat

L'idée de contrat comme fondement de la légitimité de l'autorité politique émerge à la Renaissance, avec des hommes comme Théodore de Bèze (1519-1605 – successeur de Calvin et recteur de l'académie de Genève). Cette idée est loin d'être claire. Elle recouvre **deux types de contrat** :
1. le contrat entre les individus qui forment une communauté ou une société ;
2. le contrat entre le monarque et ses sujets, ou, du moins, ceux de ses sujets qui ont droit à la parole.

Le premier type de contrat permet d'expliquer le lien social mais non la spécificité de l'autorité politique. Le deuxième type renvoie à la volonté de limiter la souveraineté du monarque et de la soumettre à des règles précises dans ses relations avec ses vassaux. **Le contrat est ce qui sépare le monarque du despote qui gouverne arbitrairement.** Le système féodal a fourni le modèle de ce contractualisme. L'autorité des monarques dans le haut Moyen Age repose sur l'accord des vassaux. Le roi est d'abord élu ; il n'est que le premier parmi ses pairs. C'est encore le principe électif qui est à l'origine de la monarchie capétienne et qui perdurera longtemps sous des formes détournées.
Les premières formulations de l'idée contractuelle sont donc encore loin de définir une théorie de la liberté politique. On en reste plutôt à une rationalisation de la pyramide des obligations et des droits du féodalisme.

b. Le droit naturel et la conception de l'homme

Le contrat comme fondement de l'État contient une conception nouvelle de l'homme. Selon Hegel, « le monde a reçu cette idée du christianisme, pour lequel l'individu **comme tel** a une valeur **infinie** ». La conception grecque ou romaine du politique ne reconnaît que les citoyens, membres du corps de la cité. Les autres hommes sont des barbares ou des esclaves, qui ne possèdent pas la même valeur. L'idée universaliste de l'homme n'existe pas au sens contemporain.

Les premières formes du contractualisme établissent, dans le domaine de la philosophie, cette idée de l'homme qui avait déjà reçu une expression religieuse : l'idée d'une autonomie de la personne humaine. Ainsi, Théodore de Bèze dit que le contrat passé entre gouvernants et gouvernés suppose que les gouvernés obéissent au pouvoir royal mais qu'en revanche celui-ci respecte les franchises. Il évoque même la possibilité d'un droit à l'insurrection contre un « tyran manifeste ».

De cette façon se dégage l'idée que **l'individu humain est par nature titulaire d'un certain nombre de droits**. La défense de l'indépendance de la personne va constituer le fonds commun des théoriciens du droit naturel comme Grotius (1583-1645).

B. LE CORPS ARTIFICIEL DE HOBBES

Avec Hobbes, on assiste à la première tentative pour construire rationnellement une théorie du contrat. Le simple exercice de la raison, conduite avec la rigueur des démonstrations mathématiques, doit permettre de comprendre les fondements légitimes de la souveraineté.

Dans son ouvrage majeur, *Léviathan*, **Hobbes élabore le contrat à partir d'un exposé de la condition de l'homme à l'état de nature**, c'est-à-dire avant la constitution d'un État civil. Chose inimaginable pour Aristote, l'homme en dehors de toute organisation sociale constitue le postulat dont le politique est déduit. Ses caractéristiques expliquent logiquement la construction politique.

a. Tous les hommes sont naturellement égaux

Il n'y a pas de hiérarchie naturelle qui contraindrait l'un à se mettre au service d'un autre. Les différences de force ou d'intelligence entre les individus sont trop faibles pour assurer un pouvoir durable ; ce que la force pourra obtenir temporairement peut être facilement défait par la ruse ou l'alliance, tout aussi temporaire avec un autre homme.

b. L'homme est un être de désir illimité

L'homme est animé par le désir, qui n'est pas simplement le besoin vital, mais aussi la tendance à affirmer toujours plus sa puissance. Par le langage, l'homme accède au désir de l'honneur, de la gloire, etc., ce qui le distingue fondamentalement des animaux.

c. L'homme est naturellement insociable

Les hommes ne retirent pas d'agrément, mais un « grand déplaisir », de la vie en compagnie. Loin d'être naturelle, la sociabilité n'est possible que si tous sont tenus en respect par un pouvoir. Que ce pouvoir se relâche, et les querelles reprennent, chacun cherchant à nuire à quiconque lui apparaît comme un rival.

d. La guerre de chacun contre chacun

Pour ces raisons, la guerre de chacun contre chacun est la condition naturelle de l'homme. Comme chaque homme peut être soupçonné de vouloir s'attaquer à moi, **le meilleur moyen de me garantir contre l'agression est encore de prendre les devants.** La spirale de la guerre est sans fin. « Du fait qu'il existe quelques hommes qui, prenant plaisir à contempler leur propre puissance à l'œuvre dans les conquêtes, poursuivent celles-ci plus loin que leur sécurité ne le requiert, les autres qui, autrement, se fussent contentés de vivre tranquilles à l'intérieur de limites modestes, ne pourraient pas subsister longtemps s'ils n'accroissaient leur puissance par l'agression et s'ils restaient simplement sur la défensive. »

C. DROIT DE NATURE ET LOI DE NATURE

a. Le droit de nature

L'homme dispose naturellement de la liberté « d'user comme il le veut de son pouvoir propre, pour la préservation de sa propre vie », et d'user, par conséquent, de tous les moyens qu'il jugera utiles pour assurer cette fin. C'est là le droit de nature. Dans l'état de guerre, c'est donc un droit « sur toutes choses et même les uns sur le corps des autres ».

b. La loi de nature

A ce droit, qui est liberté, Hobbes oppose la loi de nature, qui est une obligation. La loi de nature est une règle générale, « découverte par la raison », qui « interdit aux gens de faire ce qui mène à la destruction de leur propre vie ou leur enlève le moyen de la préserver ». D'un côté, le droit de nature conduit à la guerre de chacun contre chacun; de l'autre côté, la loi de nature conduit les hommes à chercher la paix autant qu'il est possible afin de préserver leur vie. Il y a opposition du désir d'accroître toujours sa propre puissance et du commandement de la raison dont tout homme est capable.

c. La loi de nature et le contrat

De la première loi de nature se déduit immédiatement une deuxième loi : « Que l'on consente, quand les autres y consentent aussi, à se dessaisir, dans toute la mesure où on pensera que cela est nécessaire à la paix et à sa propre défense, du droit qu'on a sur toute chose ; et qu'on se contente d'autant de liberté à l'égard des autres qu'on en concéderait aux autres à l'égard de soi-même. » La loi de nature commande donc aux hommes de nouer entre eux un pacte, fondé sur **l'aliénation réciproque des droits**. Mais pour que le respect de ce pacte soit garanti, les parties contractantes doivent abandonner, sans réciprocité, tous leurs droits à un pouvoir souverain. La condition civile, par opposition à l'état de nature, suppose **un pouvoir établi, apte à contraindre ceux qui autrement violeraient leur foi.** La relation entre les hommes est réciproque alors que la relation avec le souverain (monarque ou assemblée) est unilatérale. Le souverain est donc absolu.

d. Nature et convention

• **L'idée de nature joue un rôle double :**
1. elle désigne l'agressivité et l'insociabilité de l'homme ;
2. elle est la raison naturelle de l'homme, qui le conduit à sortir de l'état de nature et à conclure la convention par laquelle est instauré le pouvoir souverain, apte à tenir les hommes en respect.
Ainsi, le politique est conventionnel et suppose une rupture avec la nature et, en même temps, il résulte d'une caractéristique naturelle, propre à l'esprit humain, sa faculté de calculer les avantages et les inconvénients dans la poursuite de ses propres fins.

• **Le contrat que Hobbes place à l'origine de l'État ne fait pas de l'État une organisation contractuelle.** Une fois institué, l'État, que Hobbes désigne du nom du monstre biblique Léviathan, apparaît comme un « corps artificiel » qui semble doué d'une vie propre et doit soumettre, sans restriction aucune, tous les individus.

La philosophie politique de Hobbes paraît donc redoutablement ambiguë. Elle est fondée sur un droit naturel, mais une fois l'institution acceptée, le droit naturel doit s'effacer devant la législation purement conventionnelle, dictée par le souverain. Poursuivant l'œuvre d'un Machiavel (1469-1527), Hobbes détruit toutes les conceptions qui font de l'État une émanation divine ou une chose naturelle.

e. L'« absolutisme » de Hobbes

- **Si le *Léviathan* paraît faire l'apologie d'un absolutisme fondé en raison**, l'idée d'un Hobbes théoricien de l'absolutisme doit être nuancée. En pensant l'État sur le modèle mécanique de la logique des forces, il laisse ouverte une contradiction : il doit reconnaître comme absolu le droit de l'individu à défendre sa propre vie, même si le souverain possède le droit inconditionnel de mettre à mort un citoyen quand cela lui semble bon.
- **L'institution remplace la liberté naturelle par l'obligation**, mais elle ne peut supprimer le droit de nature, qui demeure le fondement ultime justifiant la loi de nature. Et donc, dans les cas extrêmes, il ne reste que l'affrontement de deux droits antagonistes, ce qui laisse ouverte la possibilité pour les citoyens de détruire le souverain si celui-ci met en péril leur vie. On peut donc admettre que la logique de la construction hobbesienne n'interdit pas absolument de penser le « droit à l'insurrection », qui sera un des thèmes centraux des autres penseurs contractualistes.
- **Enfin, le droit du souverain semble illimité**, puisque la vérité elle-même est d'institution et que la liberté d'opinion n'est pas admise. Mais on ne doit pas oublier que le but de l'institution civile est de permettre aux hommes de poursuivre leurs propres fins, la recherche des agréments de la vie procurés par l'industrie. Le souverain ne garde donc sa légitimité que dans la mesure où il garantit la liberté d'entreprise et de commerce des individus. Deuxième source de contradiction, qui limite à son tour le caractère absolu de la souveraineté que Hobbes ne cesse d'affirmer.

D. APERÇU SUR LES PENSEURS DU CONTRAT

La philosophie de Hobbes constitue une sorte d'ouverture de la pensée contractualiste moderne : on y trouve les thèmes et les variations qui seront retravaillés dans les cent cinquante ans qui suivent la publication du *Léviathan*.

a. Spinoza

Spinoza (1632-1677) donne à la théorie politique une place importante dans sa philosophie. Le *Traité théologico-politique* n'a pas seulement pour objet la discussion de l'interprétation des Écritures. Il vise à émanciper le politique du théologique, et à affirmer la liberté absolue de la pensée, qui ne peut être soumise aux décrets de l'État.

1. **Si l'organisation socio-politique humaine s'explique par la nature passionnelle de l'homme** (comme chez Hobbes, le désir est essentiel), il est impossible que le droit positif institué puisse annihiler le droit de nature, expression de la puissance naturelle de tous les hommes.
2. **La sociabilité est conforme à la raison** parce qu'elle exprime les tendances fondamentales de l'être humain, chacun cherchant son « utile propre ». Or l'utile propre est l'accord entre tous, et donc, pour l'homme, rien n'est plus utile que l'homme. L'utilitarisme hobbesien, qui pose l'homme comme un être égoïste et agressif naturellement, est retourné pour fonder une sociabilité naturelle.
3. **L'organisation politique ne peut exiger une limitation de la liberté.** Au contraire, plus les individus sont libres, plus la puissance globale du corps qu'ils forment ensemble est grande. En effet, la conjonction des intérêts particuliers joue au mieux en faveur de l'intérêt général lorsque la masse des citoyens n'est pas assujettie au souverain, mais exerce, elle-même, la souveraineté.
4. Chez Hobbes l'égalité n'est concevable qu'à l'état de nature, alors que pour Spinoza **la problématique de l'égalité est centrale pour la bonne harmonie de l'ordre civil.**

b. Locke

John Locke (1632-1704) est le théoricien du libéralisme politique et le grand inspirateur des pères fondateurs de la nation américaine. La différence fondamentale avec Hobbes tient dans la conception de l'homme à l'état de nature. L'homme est une créature de Dieu et, si la condition naturelle de l'homme est la liberté, celle-ci n'est pas licence. L'homme ne jouit pas de la liberté « de détruire sa propre personne, ni aucune créature qui se trouve en sa possession ». L'état de nature est gouverné par une loi de nature qui se confond avec le droit de nature, alors que Hobbes oppose radicalement ces deux notions. C'est pourquoi l'ordre civil ne s'oppose pas à l'ordre naturel mais le prolonge, et il ne peut jamais se construire sur la négation de la liberté naturelle de l'homme.

c. Actualité du contractualisme

- **Éclipsé au XIXe siècle, le contractualisme a retrouvé aujourd'hui comme une seconde jeunesse.** John Rawls (né en 1921), en posant comme un tout le problème de la liberté politique et de la justice sociale, tente de définir les conditions d'une organisation sociale acceptable par tout individu raisonnable, placé, non plus cette fois dans un état de nature, mais sous ce que le philosophe appelle le « voile d'ignorance ». Chez Rawls, le contrat social ne consiste pas seulement dans l'acceptation d'un pouvoir commun capable d'assurer la cohésion sociale, mais aussi dans un accord central sur les principes de répartition des positions économiques et sociales.
- **Un deuxième aspect du renouveau du contractualisme concerne les relations internationales.** Dans sa version classique du contrat, l'état de guerre, à l'intérieur de l'espace géographique et humain concerné, est aboli, mais il persiste dans les relations internationales. Si l'on peut réfuter comme un artifice l'idée de contrat en tant que fondement d'une nation, les organisations internationales apparaissent comme des constructions conventionnelles dans lesquelles chaque État limite volontairement sa souveraineté en vue d'assurer une plus grande stabilité pour tous. La difficulté d'articuler le niveau de la nation et le niveau des organisations supranationales (les problèmes de la construction européenne en sont un exemple) conduit à revisiter les penseurs du contrat.

A. LE PROBLÈME CENTRAL

• **L'idée de contrat recèle une contradiction interne.** Elle affirme la liberté naturelle de l'homme, mais, en même temps, elle expose le mécanisme par lequel l'homme nécessairement doit renoncer à cette liberté. Ce qui est gagné d'un côté semble perdu immédiatement. Le contrat est volontaire, mais il semble impliquer l'abdication de la volonté libre. Or, comme le montre Jean-Jacques Rousseau (1712-1778), on ne peut penser sans contradiction l'idée d'une servitude volontaire.

• Rousseau déplace la problématique de Hobbes mais ne la renverse pas. Sa description de l'état de nature n'est parfois qu'une version modifiée de celle de Hobbes. Il se sépare du philosophe anglais sur trois questions.

1. Si l'homme dans la condition naturelle est bien un être égoïste qui poursuit ses propres fins, il est cependant doué d'un **sentiment naturel, la pitié**, qui limite cet égoïsme.
2. **La condition naturelle de l'homme n'est pas la guerre,** « l'état de guerre ne pouvant naître des simples relations personnelles ». Celui-ci résulte au contraire de l'état social.
3. Si Hobbes décrit les faits observés dans l'histoire humaine, cela ne signifie pas que ce système soit rationnel. A Grotius comme à Hobbes, Rousseau reproche le passage du fait au droit.

Le « contrat social » de Rousseau n'est donc ni descriptif ni explicatif, mais essentiellement normatif.

La question centrale est de concevoir l'État de telle manière que l'homme puisse être pensé comme libre. « L'homme est né libre et partout il est dans les fers » : telle est l'insupportable contradiction que Rousseau veut résoudre.

B. LE CONVENTIONNALISME DE ROUSSEAU

• **L'ordre de fait n'a pas de légitimité naturelle.** Il est fondé sur des conventions. Il faut déterminer ce que sont ces conventions et à quelles conditions elles peuvent être pensées rationnellement. Car la méthode qui établit toujours le droit par le fait n'est pas conséquente. La construction rousseauiste de l'état civil, dès lors, est purement logique. Il est impossible de concevoir un droit d'esclavage, expression qui, pour Rousseau, est une contradiction dans les termes. Pour les mêmes raisons, il est impossible de fonder le droit sur la force. Par conséquent, « on n'est obligé d'obéir qu'aux puissances légitimes ».

• **Avec une méthode qui préfigure celle de Kant** dans sa *Critique de la raison pratique*, écartant tout recours au savoir empirique, Rousseau déduit *a priori* les fondements de ces « puissances légitimes ». Or la puissance légitime est celle par laquelle un peuple se forme comme tel. « Un peuple, dit Grotius, peut se donner à un roi. Selon Grotius, un peuple est donc un peuple avant de se donner à un roi. Ce don même est un acte civil, il suppose une délibération publique. Avant donc que d'examiner l'acte par lequel un peuple élit un roi, il serait bon d'examiner l'acte par lequel un peuple est un peuple. Car cet acte étant nécessairement antérieur à l'autre est le vrai fondement de la société. »

• La démocratie n'est pas une forme d'organisation sociale parmi d'autres. **La démocratie**, c'est-à-dire l'organisation autonome du peuple décidant de son propre destin, **est l'essence même de toute organisation politique**. Et c'est à l'aune de cette essence de droit que doivent être jugés les régimes politiques de fait, ce qui légitime le soulèvement du peuple contre les régimes tyranniques ; car « tant qu'un peuple est contraint d'obéir et qu'il le fait, il fait bien ; sitôt qu'il peut secouer le joug et qu'il le secoue, il fait encore mieux ».

C. LA LOI ET LE PROBLÈME DE LA LIBERTÉ

a. La nature du pacte

• **En quoi consiste cet acte, « vrai fondement de la société » ?** Il s'agit de « trouver une forme d'association qui défende et protège de toute la force commune la personne et les biens de chaque associé, et par laquelle chacun s'unissant à tous n'obéisse pourtant qu'à lui-même et reste aussi libre qu'auparavant ». Pour Hobbes, le contrat ne peut protéger les biens et la personne de chaque associé qu'à condition que chacun fasse le sacrifice de sa liberté et que tous obéissent sans restriction au souverain. La solution théorique imaginée par Rousseau permet d'échapper aux conséquences désastreuses de la théorie hobbesienne du contrat.

• **Toutes les clauses du contrat se résument à une seule :** « L'aliénation totale de chaque associé, avec tous ses droits à toute la communauté. » Si cette aliénation n'était pas totale, d'une part, la condition ne serait pas égale pour tous, d'autre part, au moindre conflit, l'association se désagrégerait. Chaque associé se donnant à tous ne se donne à personne et personne n'a perdu dans le contrat. Chaque contractant reste aussi libre avant qu'après ; mais ce n'est plus le même type de liberté : dans le contrat social, **les associés échangent leur liberté naturelle contre la liberté civile**, qui s'exprime dans la constitution d'un « corps, moral et collectif, composé d'autant de membres que l'assemblée a de voix, lequel reçoit de ce même acte son unité, son **moi** commun ».

b. La volonté générale et l'amour de la loi

• **Si le contrat suppose l'aliénation de la liberté naturelle** de l'individu en échange d'une liberté conventionnelle, la solution au problème de Hobbes n'est-elle pas une solution purement verbale ? De deux choses l'une : soit le pacte aboutit à la constitution d'une volonté générale distincte de celle de tous les contractants et l'on risque de retomber dans la soumission absolue de l'individu au corps politique ; soit la volonté générale est identique à la volonté de tous et, alors, elle suppose l'unanimité des citoyens, qui est contraire à la liberté en son sens le plus immédiat. Celui qui ne veut pas ce que veulent tous les autres se place, de lui-même, en dehors du corps politique et rompt le pacte. Il doit donc être exclu de la cité. Ainsi, on a souvent fait de la théorie rousseauiste de la liberté l'origine théorique de la terreur jacobine pendant la Révolution française – d'autant que Robespierre se réclamait de Rousseau.

• Rousseau était conscient de ces difficultés. **L'idée fondamentale, qui préfigure encore Kant, réside dans la définition de la liberté de la volonté.** Être libre, c'est n'obéir qu'à soi-même. Or s'obéir à soi-même, ce n'est rien d'autre qu'agir conformément à ce que la raison dicte. Dès le moment où, en vertu de la réciprocité du pacte, tous concourent à égalité à la formation de la volonté générale, il est raisonnable de vouloir que tous obéissent à cette volonté générale, quelle que soit l'opinion particulière que chacun puisse avoir sur telle ou telle question spécifique.

• **Supposons que l'assemblée des citoyens soit convoquée pour délibérer d'une loi spécifique.** Pour former mon opinion, je ne dois pas me laisser guider par mes goûts ou mes intérêts privés, mais me demander d'abord ce qui est conforme au bien commun, c'est-à-dire ce que toute volonté raisonnable devrait vouloir. Si mon opinion particulière est minoritaire, je dois me plier à la majorité, non en vertu d'une règle d'obéissance passive, mais parce que ma véritable liberté ne réside jamais dans le fait de faire valoir ma propre opinion mais dans l'idée que c'est la loi majoritaire qui doit gouverner.

• On peut tirer deux conclusions :

1. **Rousseau n'invite pas à l'unanimisme** mais simplement à désinvestir le champ de la discussion politique de sa charge passionnelle. Si mon opinion particulière triomphe, c'est très bien. Mais si je suis minoritaire, je dois considérer que l'application de la loi du plus grand nombre est préférable au triomphe de ma propre position contre la majorité ;

2. chez Rousseau, la détermination des maximes de l'action politique repose sur **un principe d'universalisation qui est la condition fondamentale de la stabilité du contrat**. Agis comme si tu voulais que la maxime de ton action vaille pour tous les citoyens. Le contrat chez Rousseau n'est donc plus simplement une opération utilitaire, liée au calcul des intérêts égoïstes – même si Rousseau n'oublie pas que les individus cherchent d'abord leur bien propre. Le contrat, tout à la fois, rend possible et présuppose un impératif catégorique et fait donc entrer l'homme dans la sphère de la moralité.

• C'est pourquoi **la formule clé de la philosophie politique de Rousseau est celle de l'amour de la loi**, parce que l'homme libre est celui qui obéit à des lois et non aux ordres et aux prescriptions d'un autre homme. « J'aurais voulu vivre et mourir libre, c'est-à-dire tellement soumis aux lois que ni moi ni personne n'en pût secouer l'honorable joug ; ce joug salutaire et doux, que les têtes les plus fières portent d'autant plus docilement qu'elles sont faites pour n'en porter aucun autre. » Avec Ernest Cassirer, il faut donc bien parler de l'« enthousiasme » de Rousseau pour « la force et la dignité de la loi ».

D. CRITIQUES DE ROUSSEAU

a. Le problème de l'égalité

• **La problématique de l'égalité est indissociable de la théorie du contrat de Rousseau.** Le *Discours sur l'origine et les fondements de l'inégalité parmi les hommes* a établi qu'il n'existe aucune inégalité naturelle légitime et que l'inégalité n'est que le résultat d'un premier état social, non contractuel. Pour que le contrat fonctionne, il faut que les inégalités de fortune, de position hiérarchique, etc., soient, sinon abolies, du moins sévèrement limitées.

• Or, **Rousseau conçoit l'organisation économique sur le modèle de l'initiative individuelle** et de la propriété privée des moyens de production. Ce serait un énorme contresens que faire de Rousseau un précurseur des théories socialistes. La république rousseauiste est une république des producteurs libres. Ce qui suppose que le développement économique reste contenu dans certaines limites. Dans une telle république, la vertu civique doit être plus forte que les appétits égoïstes et les besoins doivent être limités. L'égalité est peut-être une « chimère ». « Mais si l'abus est inévitable, s'ensuit-il qu'il ne faille pas au moins le régler ? C'est précisément parce que la force des choses tend toujours à détruire l'égalité que la force de la législation doit toujours tendre à la maintenir. » Il faut « que nul citoyen ne soit assez opulent pour pouvoir en acheter un autre, et nul assez pauvre pour être contraint de se vendre ».

• **Une telle position est-elle possible pratiquement ?** L'expérience historique semble prouver que non. Robespierre a tenté de maintenir l'équilibre entre les plébéiens de la Commune, partisans d'un système de répartition autoritaire de la richesse, et les défenseurs de la liberté économique (en gros, les Girondins). Mais cet équilibre a été établi au moyen de la Terreur, qui devait préparer la chute de Robespierre lui-même. C'est sans doute plus dans cette difficulté interne de la problématique de l'égalité que dans le formalisme logique du *Contrat social* que réside l'explication de la tragédie de la Révolution française.

b. Le formalisme de Rousseau

Le reproche majeur fait à Rousseau est que le contrat social n'est qu'une construction logique abstraite sans rapport avec la vie réelle des peuples.

• **La démocratie directe et les limites de la république**

Le contrat social suppose à son origine la participation effective de tous les citoyens. Le modèle de Rousseau est celui d'une démocratie directe dans laquelle le peuple lui-même, et non ses représentants, exerce le pouvoir. C'est le souvenir de la démocratie athénienne ou celui des cités-États qui est à l'arrière-plan.

Par conséquent, la république rousseauiste a nécessairement une taille limitée. Le contrat rousseauiste ne pourrait valoir pour les grandes nations modernes et, *a fortiori*, pour les unions de nations. Cependant, *Du contrat social* laisse ouvertes d'autres possibilités. Il y a, d'un côté, **la loi fondamentale**, la définition même des termes du contrat – la Constitution –, qui doit être le produit de la réunion de toutes les volontés ; et d'un autre côté, **les lois courantes**, dont la décision peut être laissée aux représentants élus du peuple, qui agissent, entre deux élections, comme ses mandataires. Il est donc possible, à partir même de la matrice rousseauiste, de construire une théorie de la démocratie parlementaire représentative. Le problème théorique de la démocratie directe est alors déplacé vers le problème des modalités pratiques d'exercice de la démocratie directe (référendum par exemple) et de contrôle des représentants par le peuple.

• La dictature de la raison ?

Fondé sur une volonté rationnelle, le contrat ne peut perdurer qu'avec la manifestation de cette volonté. Il n'est pas passé une fois pour toutes, il repose au contraire sur une réaffirmation permanente de sa validité. Cela supposerait donc des individus idéaux, gouvernés par leur raison – et encore, à condition que cette raison ne déraisonne pas. Rousseau est bien conscient du problème. C'est pourquoi l'amour de la loi fondé en raison doit recevoir **le soutien du sentiment**. Le contrat social trouve ainsi ses racines, non dans une réunion abstraite d'individus, mais dans la particularité d'un peuple. C'est pourquoi l'amour de la loi s'appuie sur l'amour de la patrie, condition de la solidité du contrat. En effet, « outre les maximes communes à tous, chaque Peuple renferme en lui quelque cause qui les ordonne d'une manière particulière et rend sa législation propre à lui seul ». Ainsi, les règles rationnelles générales ne valent qu'au travers de traditions historiques singulières.

• La religion civile

Rousseau conclut *Du contrat social* par un chapitre consacré à la « religion civile ». Il s'agit d'appuyer « l'ardent amour de la gloire et de la patrie » non seulement sur des préceptes rationnels, mais aussi sur des croyances, sur une « profession de foi » dont les dogmes doivent être « simples, en petit nombre, énoncés avec précision sans explications ni commentaires ». Discréditée par le culte robespierriste de la Raison, l'idée de la religion civile (distincte de la religion intérieure qu'est le « véritable christianisme ») tente de **concilier la liberté religieuse et la croyance immédiate en un système transcendant de valeurs, fondement du lien social.** La religion est considérée dans son sens étymologique de lien, mais un lien qui ne peut pas simplement être un accord en raison entre individus mais doit renvoyer la communauté à autre chose qu'elle-même. Comme le fera Kant, Rousseau considère donc la religion comme une exigence de la raison pratique, question sur laquelle Hegel, à son tour, aura l'occasion de revenir.

Rousseau apparaît ainsi à la fois comme le penseur le plus systématique de la république, au sens de la tradition française, et, en même temps, comme celui qui en a exhibé les apories. Une remarque, quelque peu énigmatique, résume cette indécision : « S'il y avait un peuple de Dieux, il se gouvernerait démocratiquement. Un gouvernement si parfait ne convient pas à des hommes. » On peut penser que Rousseau a exposé dans toute son ampleur la question des rapports entre la loi, la liberté et l'égalité, sans toujours donner une réponse entièrement satisfaisante.

A. DIFFICULTÉS DES THÉORIES DU CONTRAT

Dans le contractualisme, la société politique est construite par libre convention. Elle peut donc être comprise de manière analytique à partir d'éléments simples et de principes, d'après lesquels tout peut être logiquement déduit. Malgré leurs divergences, les penseurs du contrat partagent l'idée d'un **droit de nature qui appartient à l'individu**, d'où découle l'autorité de la loi. Ce noyau commun aux thèses se heurte à de nombreuses objections.

1. **Le contractualisme présuppose une ontologie atomistique de l'être social** (▶ **chapitre 4**). Les individus sont considérés comme des atomes isolés, munis d'une raison calculatrice, et dont la rencontre produit le social comme effet. Y a-t-il un sens à parler d'individu en dehors du nœud des relations qui le constituent et qui sont d'emblée des relations sociales ?

2. **Le contractualisme suppose une première convention.** Cette convention n'est pas un fait historique mais une fiction logique dont la fonction est ambiguë. Elle est aussi un mythe qui présuppose en même temps les droits naturels de l'homme et la renonciation des individus à ces droits au nom de la première convention. D'où la possibilité d'un contractualisme liberticide, dans lequel la reconnaissance du droit de nature se transforme en positivisme légitimant l'état de fait.

B. LA CRITIQUE DU CONTRAT SOCIAL

La critique radicale du contractualisme commence avec la Révolution française. *Réflexions sur la révolution en France* (1790), d'Edmund Burke (1729-1797), est le premier grand texte qui s'attaque à l'« abstraction vide » du contrat. Burke, essayiste et parlementaire libéral britannique, dénonce une théorie dogmatique, qui prétend construire le politique à la manière des démonstrations mathématiques : « L'art de construire une République, de la rénover ou de la réformer, comme toute science expérimentale ne peut être enseigné *a priori.* »

La critique des théories du contrat est approfondie et appuyée sur une théorie d'ensemble de l'esprit humain chez les idéologues, comme Georges Cabanis (1757-1808) ou Antoine Destutt de Tracy (1754-1836), et les fondateurs de la sociologie, comme Saint-Simon (1760-1825) et Auguste Comte (1798-1857). Cette critique s'articule sur plusieurs axes.

a. Critique du rationalisme classique

- **Les théoriciens du contrat**, en rationalistes, sont les partisans d'une langue universelle (langue logique, langue du calcul), qui permettrait de penser les affaires humaines sur le même mode axiomatique et déductif que les mathématiques. Le corollaire de cette ambition est que **le corps politique est conçu sur le modèle de la machine.**
- **Tant les idéologues qu'Auguste Comte** s'opposent à ce modèle. Destutt refuse l'abstraction de la langue du calcul. Le penser n'est jamais séparé du sentir. Et donc la langue est toujours enracinée dans une nation, dont elle manifeste le génie. Comte établit « l'indispensable subordination de la sociologie envers la physiologie biologique » et, ayant interdit toute loi mathématique en biologie, il étend naturellement cette interdiction à la science sociale, y compris sous la forme de « la vaine prétention » de « l'illusoire mathématique des chances ».

b. L'organicisme

A la conception atomiste mécaniste de la société des contractualistes, on oppose le **modèle de l'organisme vivant**. Dans le contrat, la société est fondée sur l'accord de pluralités autonomes. Dans l'organicisme, l'individu n'existe que par rapport au tout. La société est un « tout » avec sa propre régulation sociale, comme les corps vivants ont leur régulation biologique. Elle est soumise à des principes de régulation, analogues à la régulation de l'équilibre des humeurs du corps humain dans la médecine hippocratique. Pour Saint-Simon, la « direction organique » doit se substituer à la critique destructrice. Il faut une « physiologie sociale », dans laquelle Comte voit « la vraie science du social ». Les idéologues et la sociologie affirment que la société est un organisme habité par des « forces spirituelles ».

c. Naturalisation de la société

Contre l'idée du passage de l'état de nature à l'état civil et de leur opposition est affirmée la naturalité essentielle du social et du politique. C'est pourquoi, selon Cabanis, « l'homme politique éclairé doit être l'élève consciencieux de la nature ».

d. Critique de la démocratie

Il y a opposition entre la souveraineté du peuple et la raison. La souveraineté du peuple est une convention ; or, si les lois sociales sont d'ordre naturel, on ne peut leur opposer des conventions arbitraires. La loi naturelle est une loi de hiérarchisation : dans la société comme dans les corps, certaines parties doivent commander à d'autres, selon un ordre auquel on ne peut rien changer, sauf à détruire le corps lui-même.

On doit souligner, pour éviter les erreurs d'interprétation, que ces penseurs ne sont pas des « réactionnaires », nostalgiques de l'ancien régime. Ils sont aussi des hommes de progrès qui assument l'héritage de la Révolution française. Beaucoup joueront un rôle décisif dans la mise en place des institutions de la France moderne sous le Directoire et sous l'Empire, notamment dans le domaine de l'instruction et de la recherche. Mais **ils voient dans les théories du contrat la source destructrice du corps social** et la cause de ce mélange de chaos et de terreur qu'a été la dictature jacobine.

C. L'ESSENCE DE L'ÉTAT MODERNE

a. Hegel part de la critique de Rousseau

- **Tout en soulignant l'apport majeur de Rousseau**, Hegel lui reproche de n'avoir construit qu'une théorie normative arbitraire. Le contrat social est un **artifice** pour réunir les volontés privées dans la volonté générale. Le contrat est encore arbitraire parce qu'il n'a de valeur que pour ceux qui explicitement reconnaissent son autorité. Par conséquent, l'État fondé sur le contrat est arbitraire.
- **Il est impossible de réduire la volonté générale à la volonté individuelle.** La juxtaposition du libre-arbitre des individus ne peut produire d'elle-même un État rationnel qui soit reconnu comme une puissance objective.
- **Alors que Rousseau montre que l'homme dans l'État renonce à sa liberté naturelle pour obtenir une liberté civile, Hegel refuse de voir là une contradiction.** « L'État est la réalité efficace de la liberté concrète. » Hegel oppose cette liberté concrète à une déclaration **formelle** des droits. L'État n'est pas le produit d'un contrat entre individus. Il repose sur une **double reconnaissance** :

– reconnaissance négative par l'État de la liberté et des droits de l'individu de **mener une vie privée et d'exercer une profession librement choisie** ;
– reconnaissance positive par l'individu que l'État est **vraiment** le domaine des satisfactions individuelles.
Ainsi, « la force et la vitalité immenses des États modernes consistent en ceci : ils accordent la liberté à l'individu pour qu'il puisse développer pleinement ses talents personnels et en même temps s'intégrer à l'unité étatique de sorte qu'il puisse y trouver son compte et sa satisfaction ».

b. L'essence de l'État

- Pour Hegel, l'essence de l'État moderne est de **réconcilier** la liberté des individus avec les nécessités d'une organisation politique cohérente, capable d'agir comme un tout.
- **L'État unit les individus en un tout organique sans pour autant nier l'individu.** Reposant sur des lois, l'État garantit la reconnaissance de l'égale dignité des personnes.
- Dans l'État, **les droits deviennent effectifs**, puisque seule la puissance publique peut organiser les conditions générales qui permettent à chacun de poursuivre ses propres buts.
- En même temps, dans la poursuite de leurs fins égoïstes, les individus donnent à cette activité une **dimension universelle**, car un individu ne peut parvenir à la satisfaction de ses besoins sans que les besoins des autres, avec qui il entre en relation dans la famille et dans l'activité économique, soient aussi satisfaits. Ce que Hegel appelle « le **système des besoins** » forme ainsi une médiation entre l'individu particulier et l'universel qu'est l'État.
- De cette façon, dans l'État, l'individu singulier « tend à être pour lui-même un centre » ou encore une « puissance libre ». Il en est ainsi parce que **l'essence de l'État est de représenter l'intérêt général d'une manière conforme aux exigences de toute volonté raisonnable.**

c. Le domaine de l'État

L'État est donc le domaine de l'action libre et consciente des individus tendant vers un même but qui est la réalisation de la liberté au point qu'il devient lui-même un individu. Son œuvre consiste à mettre l'activité de la masse des individus isolés au service du bien public.
- **En premier lieu**, sa tâche est de faire respecter l'individu en tant que personne et de faire reconnaître efficacement les droits

humains. De même, l'État est là pour faire valoir les intérêts personnels légitimes qui, tout en étant égoïstes, ne sont nullement nuisibles à l'intérêt commun ; autrement dit, il doit protéger la famille et intervenir dans la vie économique pour régler le jeu des intérêts privés.

• **En second lieu**, l'État doit veiller à ce que la famille et la société, de même que les individus avec leur mentalité et leur activité propres – chacun étant susceptible de se considérer comme le pivot de la vie sociale –, ne se détachent pas de la vie de l'État. Il doit briser en cas de besoin, mais sans violence, la résistance de ces sphères secondaires en vue de protéger l'unité de la nation.

d. Le progrès de l'esprit

• A la rationalité abstraite de Rousseau est opposée la **rationalité effective**, celle qui explique le développement concret des sociétés modernes. Or ce développement présente un double aspect. D'une part, l'inégalité des conditions accroît la différenciation tant de la société civile que de l'organisation de l'État. La place toujours plus grande des fonctions d'organisation – la bureaucratie – exprime ce processus. D'autre part, c'est dans cette différenciation croissante que l'individu atteint le plus haut degré de liberté, car il a davantage de possibilités réelles de réaliser ses propres buts, de développer les traits de sa propre personnalité.

• **Hegel critique les abstractions moralisatrices** qui opposent une norme idéale extérieure à la réalité historique. Le progrès vers une « cité juste » ne peut pas être attendu simplement de la conscience morale subjective. La morale réelle, objective, existe dans l'organisation concrète des individus vivant en société. L'État est le degré le plus élevé de cette organisation et, par conséquent, **l'État exprime le progrès de l'Esprit**.

e. L'État et la société

• **Le grand défaut du contractualisme** est, finalement, de ne pas penser la spécificité de l'État par rapport à la société en général. Une fois le contrat passé, la société est purement et simplement absorbée dans le « corps politique » qui existe directement et immédiatement, face aux individus, sous la forme du souverain.

• Hegel veut montrer que **l'État ne naît pas d'un décret de la volonté, mais des tendances spontanées et contradictoires de la vie des individus**. Cependant l'État ne supprime pas les différents moments qui constituent cette vie. Il est seulement le principe d'organisation qui permet leur développement. A la différence du Platon de *La République*, les liens familiaux ne sont pas conçus comme contradictoires avec l'unité de la cité. De même, la liberté économique et l'autonomie des liens sociaux, fondées sur la propriété et les contrats, sont maintenues.

● Avec Hegel, on dispose véritablement d'une **théorie de l'État moderne**, établie à partir d'une description de l'articulation des différents niveaux qui constituent le corps social dans son ensemble.

f. Des problèmes non résolus

● **Le rejet du modèle normatif, « abstrait », peut conduire à la simple justification de l'État moderne.** Il a souvent été reproché à Hegel de donner, en fin de compte, une simple rationalisation de la monarchie constitutionnelle.

● **Si l'État est le principe d'organisation du corps social**, la société doit être organisée d'en haut. C'est pourquoi l'État (*Staat*) s'appuie sur une organisation en états, ou classes (*Stände*), de citoyens. **C'est un État fort qui exclut l'idée de contre-pouvoir.** On a pu y voir la préfiguration des théories corporatistes du XXe siècle.

● **Ainsi, si les critiques des « abstractions rationalistes » ne sont pas toujours infondées, la conception de l'État organique est fondamentalement ambiguë.** Elle peut se laisser interpréter soit d'une manière libérale, corrigée par un interventionnisme modéré, soit d'une manière beaucoup plus autoritaire. Ce qui explique que Hegel s'est déclaré opposé au suffrage universel et a défendu vigoureusement le principe monarchique.

A. CRITIQUE DE LA PHILOSOPHIE POLITIQUE

• **Le reproche majeur adressé aux théories de l'État**, tant de Hobbes que de Hegel, est qu'elles ne séparent pas le droit du fait et peuvent passer insensiblement de l'explication rationnelle du politique à la rationalisation légitimant les États existants. Rousseau avait fait de cette question un des points centraux de sa critique de Hobbes.

• **La philosophie politique a cherché à définir des typologies des formes de gouvernement**, permettant de séparer les gouvernements justes et les gouvernements injustes. Mais ces typologies n'ont jamais été clairement fixées et elles gardent souvent un aspect descriptif, empirique, n'aidant pas à comprendre l'essence du pouvoir politique. Il reste à explorer la voie de la critique radicale du politique et de l'État, dont Nietzsche disait qu'il est « le plus froid des monstres froids ».

B. ANARCHIES

La critique la plus radicale est sans doute celle qui pense la possibilité d'une société sans État – an-archie –, reposant sur l'autonomie absolue des individus. Cet anarchisme n'est pas le désordre, mais, selon ses théoriciens, un ordre sans pouvoir spécial pour le garantir. Sur un fond commun d'idées, il faut distinguer deux grands types d'anarchisme.

a. L'anarchisme individualiste

• **Pensé de la manière la plus cohérente par Max Stirner** (1806-1856), il affirme la primauté absolue de l'individu (le Moi) sur toutes les formes d'organisation sociale, par nature aliénante. L'État est l'ennemi de l'individu, puisqu'il n'est pas autre chose que l'ordonnancement d'un système de dépendances qui lient les individus.

Il exprime l'aliénation politique et cela d'une double manière. D'une part, il tient son autorité d'une erreur ou même d'une mystification intellectuelle, puisqu'il passe pour un Moi, pour une personne, douée de sa propre raison et de sa propre volonté. D'autre part, même les activités humaines qui paraissent se dérouler en dehors de la sphère politique ont lieu sous la surveillance de l'État et doivent passer par les médiations des organismes étatiques.

- C'est pourquoi tout État, qu'il soit monarchique ou républicain, n'a pas d'autre but que de « lier, borner, subordonner l'individu, l'assujettir à la chose générale » ; et si certains États sont assez forts pour tolérer quelques activités libres des personnes, ce n'est que « la tolérance de l'insignifiant et de l'inoffensif ».

b. L'anarchisme collectiviste

- Dans sa radicalité, **la critique de Stirner conduit à des difficultés insurmontables** : elle interdit de penser tout lien social, à tel point qu'il devient impossible de dire « nous ».
- Moins spéculatif et **plus ancré dans l'histoire sociale**, l'anarchisme collectiviste trouve sa principale inspiration chez **Pierre Joseph Proudhon** (1809-1865). Il ne s'agit pas d'opposer l'individu à l'État, mais de refuser un principe extérieur d'autorité qui s'imposerait aux associations concrètes, dans lesquelles se produit la vie immédiate des individus. Les proudhoniens revendiquent le remplacement de la domination politique par l'association économique des producteurs, dont les embryons existent déjà dans les sociétés de secours mutuel et les coopératives ouvrières.
- **Cette conception conduit à rejeter le politique en tant que tel :** chercher une solution politique à la question sociale, c'est se tromper de terrain et vouloir remplacer une autorité par une autre. « Les révolutions les plus émancipatrices ont abouti constamment en un acte de foi et de soumission au pouvoir », et donc « elles n'ont servi qu'à reconstituer la tyrannie ».
- **L'influence des thèses proudhoniennes** peut être expliquée par leur double dimension :

– la philosophie de Proudhon offre un programme censé résoudre la question sociale, en substituant à la propriété capitaliste une propriété sociale et coopérative des travailleurs ;

– elle propose une critique pratique de la bureaucratie et de l'autonomisation croissante du pouvoir politique à l'égard de la société civile. Face au perfectionnement de la machine étatique, elle affirme non seulement les droits mais aussi les aptitudes de chacun à participer directement à la gestion de la société.

C. LA THÉORIE MARXISTE

a. Fondement du matérialisme historique

• **Karl Marx** (1818-1883) **se situe aux antipodes de l'utopie.** Il dénonce le « socialisme utopique » et refuse de faire de la cuisine dans les marmites de l'avenir. Le communisme, selon lui, n'est que l'expression théorique d'un mouvement qui se déroule « sous nos yeux ».

• **La critique de l'État chez Marx ne procède pas d'une construction *a priori*,** opposant la société rationnelle à l'irrationalité des États existant réellement. A partir de la critique de Hegel, Marx met en place les éléments d'une nouvelle conception du social. L'État est historiquement daté, il correspond à une phase de l'histoire humaine, que Marx nomme parfois « préhistoire ». Avec le développement de la maîtrise de l'homme sur son propre destin doit s'ouvrir la véritable histoire humaine, débarrassée de l'aliénation politique, c'est-à-dire de l'État.

• **Dans un premier temps, la critique marxienne apparaît comme un retour à Rousseau, contre Hegel.** Marx reproche à Hegel d'inverser le rapport réel entre l'État et l'individu. Chez Hegel, l'individu apparaît comme un prédicat de l'État, alors que pour Marx, c'est l'État qui est un prédicat de l'individu ; Marx approuve d'ailleurs Rousseau d'avoir montré que l'essence de l'État est la démocratie. Chez Hegel, l'État, comme esprit objectif, est le véritable sujet ; il incarne l'esprit du peuple ou la nation. Pour Marx, le véritable sujet est l'homme, non pas l'homme « atome » des fictions contractualistes, mais l'individu concret qui existe dans des relations déterminées avec les autres individus en vue de produire et de reproduire les conditions matérielles d'existence.

b. Classes sociales et pouvoir

• A partir de ces prémisses, Marx élabore une **théorie de la société et une théorie de l'État.** Si Platon et Aristote avaient déjà bien vu que la division du travail est un élément constitutif de la cité, pour Marx division technique et division sociale du travail sont indissociables, recoupant à la fois l'opposition du travail manuel et intellectuel et la spécialisation des fonctions de commandement et d'organisation technique. De là apparaît une division de la société en classes antagoniques, dont l'enjeu est l'appropriation du surplus social, c'est-à-dire de la fraction de la production qui excède les besoins élémentaires de la vie.

• **L'État, comme organe spécialisé de direction de la vie sociale, n'apparaît qu'avec la lutte des classes.** Les « sociétés sans classes » sont aussi des sociétés sans État. Donc, l'État est l'organe de domination de la classe dirigeante sur les classes opprimées. Selon cette définition, l'État est alors essentiellement un appareil d'oppression – une « bande d'hommes armés au service du capital », dit Engels –, quelle que soit sa forme, qu'il s'agisse d'une tyrannie ouverte ou d'une démocratie formelle.

• **Avec le développement du mode de production capitaliste** apparaît dans la société une classe majoritaire, le prolétariat, à la fois privée de tout – le prolétaire est celui qui ne possède en propre que sa force de travail – et, en même temps, formée par le capital lui-même sur la base de la coopération et de la socialisation de la production. A la différence des anciennes classes exploitées (esclaves ou serfs), elle dispose, par son mode d'existence et par la dynamique de la lutte qu'elle mène contre le capital, des moyens pour réorganiser la société à son profit, en supprimant la division de la société en classes, en organisant la vie sociale à partir de **l'association des producteurs** et de **leur coopération**.

• Si Marx envisage qu'une nouvelle forme d'État soit nécessaire, qu'il appelle « **dictature du prolétariat** », cet État ouvrier n'est déjà plus un État au sens propre du terme, mais un **État dépérissant** qui, d'une part, repose sur la domination de la majorité populaire contre l'ancienne minorité dirigeante, et, d'autre part, a pour but la préparation de sa propre disparition. Le mot même de dictature ne doit pas être mal compris. Loin d'avoir son sens contemporain, il renvoie ici à la vieille idée de la dictature dans la République romaine, reprise par les Jacobins pendant la Révolution française.

D. UNE CONCEPTION MOINS SIMPLISTE

a. La conception instrumentaliste de l'État

• Selon l'exposé qui précède, l'État est un simple outil, un moyen au service d'une classe sociale, et qui ne peut avoir d'autre objet que d'assurer les fins de cette classe, c'est-à-dire la perpétuation de sa domination. **Le décrire comme le représentant du bien commun relèverait donc de la mystification,** puisqu'on présenterait ainsi l'intérêt d'une fraction de la société comme l'intérêt général. Mais cette position est, chez Marx, essentiellement polémique. En pratique, il envisage souvent que l'État puisse représenter le bien commun et singulièrement la défense des intérêts et des droits des plus démunis. Ainsi considère-t-il qu'un des objectifs fondamentaux à atteindre est la création d'un système d'instruction publique assurant une éducation polytechnique. A la différence des anarchistes, il pense que la loi libère (loi de limitation de la journée de travail, loi contre le travail des enfants, etc.). Il ne cache pas son admiration pour le corps des inspecteurs de fabrique créé par le gouvernement anglais pour limiter les abus du capitalisme sauvage.

• Tout se passe donc comme si la critique de Marx était moins dirigée contre l'État en général que contre **un État qui a oublié sa mission de défense du bien public**, et s'est transformé en simple organe despotique au service du petit nombre. Loin de vouloir le renverser, même s'il affirme que la machine étatique doit être brisée, Marx oppose plutôt à ceux de son époque un État dont les linéaments se trouvent dans le *Contrat social* de Rousseau.

b. Le problème des formes de gouvernement

• **La définition de l'État par ses fonctions conduit souvent à négliger le problème des formes de gouvernement.** Or, là encore, ce n'est pas la position de Marx. L'analyse du bonapartisme, à travers l'expérience du second Empire, montre, au contraire, que la différence entre la forme de gouvernement démocratique et l'État autoritaire est essentielle. La république parlementaire issue de la révolution de février 1848 et de l'écrasement de l'insurrection ouvrière de juin ne défend pas d'intérêts de classe différents de ceux défendus par Napoléon III. Mais, que la classe économiquement dominante ait renoncé à contrôler directement elle-même l'État par le moyen du parlementarisme, pour s'en remettre à un « sauveur suprême », est le signe que les contradictions sociales ne peuvent plus être contenues que par la force, et, en même temps, que les possibilités de dénouer positivement ces contradictions sont en train d'être réunies.

• **L'expérience de la Commune de Paris** amènera Marx à compléter son analyse. La question de la dictature du prolétariat, qui n'était qu'une formule générale abstraite, trouve un contenu concret : **la forme sous laquelle la domination de classe peut être supprimée est tout simplement la république**

démocratique sur le modèle de la Commune. Ainsi Marx et Engels accorderont-ils la plus grande importance aux questions d'organisation de l'État, soutenant tout ce qui peut aller dans le sens du *self-government*, comme l'autonomie communale contre le pouvoir des préfets, la lutte pour un « gouvernement à bon marché », la participation croissante des citoyens à toutes les décisions, etc. Pour la même raison, Marx laisse entendre que les États-Unis ont les conditions les plus favorables pour une révolution sociale, en raison de leur organisation démocratique.

c. L'association et le contrat

Ainsi, la théorie politique de Marx n'est ni l'étatisme qui a marqué les courants socialistes du XXe siècle, ni le simple refus anarchiste de l'État. Au-delà de quelques formules lapidaires, Marx travaille dans une direction qui s'apparente au contrat rousseauiste. Le dépérissement de l'État n'est, peut-être, pas autre chose que sa transformation d'organe de domination en association libre. Le thème de l'association couvre ainsi tout le champ de la réflexion de Marx, depuis l'association ouvrière de base (mutuelle et syndicat) jusqu'à l'idée des « producteurs associés » qui désigne l'alternative au mode de production capitaliste.

A. PROBLÈMES DE LA DÉMOCRATIE

a. Signification de la pensée démocratique

• La définition étymologique de la démocratie comme gouvernement du peuple est insuffisante, puisqu'elle ne dit pas ce qu'est le peuple – les citoyens d'Athènes constituaient moins du dixième de l'ensemble de la population. La définition moderne, qui dit qu'**un homme ne peut pas obéir à un autre homme mais seulement à des lois qu'il peut se prescrire**, est beaucoup plus précise. N'est pas démocratique n'importe quel pouvoir issu du peuple, mais seulement un pouvoir qui n'impose pas des lois arbitraires, ce qui suppose la préservation de la liberté d'opinion et de jugement.

• Les critiques antiétatistes de la démocratie (▸ **chapitre 10**) portent moins sur le principe démocratique que sur son caractère limité, atrophié ou perverti dans l'État moderne, dominé en fait par un groupe minoritaire. La « démocratie économique » du type proudhonien ou l'« État dépérissant » de Marx peuvent s'interpréter comme une revendication de **démocratie toujours élargie**, dépassant le droit de vote et la représentation, pour s'étendre à la sphère économique et à celle des institutions politiques qui interviennent directement dans la vie quotidienne.

b. Contradictions de la démocratie

• Or, les difficultés essentielles de l'exercice de la démocratie ne concernent pas seulement son inachèvement ou sa soumission à des intérêts particuliers ; il y a un paradoxe interne au principe démocratique. Alexis de Tocqueville (1805-1859), analysant la démocratie américaine, pose la question de la « **tyrannie de la majorité** ». Le postulat démocratique selon lequel chaque citoyen est apte à forger sa propre opinion librement n'est pas réaliste. En pratique, la majorité des citoyens s'appuie sur les croyances et les préjugés de l'opinion moyenne. Or, la **fiction démocratique** réside dans le fait que l'individu prend la pensée de la masse pour sa propre pensée. Par conséquent, la démocratie conduit à un conformisme d'autant plus pesant qu'il n'est pas reconnu et semble venir de l'intérieur même du corps social.

• **Le passage de la servitude douce du conformisme à la servitude politique est dès lors possible.** Notre siècle semble donner une expression tragique des analyses de Tocqueville. Les régimes tyranniques fascistes sont nés pour la plupart de « la volonté du peuple ». On peut se demander si la formation de mouvements politiques fondés sur le racisme (en France, pour la première fois à la fin du siècle dernier) n'est pas la face obscure de la démocratie.

- **La démocratie n'est pas un régime fait pour des dieux**, comme le disait Rousseau (▶ **chapitre 8**), mais la question du pouvoir, qui ne se réduit pas à la tyrannie personnelle, est souvent le point aveugle de la pensée démocratique.

B. DOMINATION ET LÉGITIMATION

a. Le problème du pouvoir

- La philosophie politique, en essayant de penser l'État, est confrontée à **l'énigme de la domination**, ce phénomène, incompréhensible si l'on y réfléchit bien, par lequel un homme devient le maître d'un autre.
- La philosophie politique, en se concentrant sur la question de l'État, tombe peut-être dans **l'erreur téléologique, concevant l'État comme la fin** et, donc, la vérité des relations sociales. Il faudrait déplacer l'axe de la réflexion pour étudier le politique comme un cas particulier du phénomène général de la domination et des rapports de pouvoir multiples qui forment le maillage de la vie sociale.

b. Le nouveau dispositif conceptuel

- **Max Weber donne l'impulsion qui provoque le changement d'orientation** de la philosophie politique au XXe siècle. Partant du constat de la rationalisation et de la désacralisation croissantes de nos visions du monde, coextensives à l'industrialisation et à la domination de l'activité économique sur l'ensemble de la vie sociale, il cherche à expliquer la cohésion sociale et les phénomènes de domination.
- Weber construit un système de catégories de l'analyse :

– **le groupement** (relation sociale délimitée par réglementation et dont l'ordre est garanti par des personnes déterminées, dirigeants ou direction administrative) ;
– **l'entreprise** (fondée sur une activité continue en vue d'une certaine finalité) ;
– **l'association** (fondée sur une entente volontaire) ;

– **l'institution** (dont les règlements s'appliquent dans une zone délimitée).

c. Puissance et domination

• A partir de cette définition statique, Weber passe à l'analyse des forces qui assurent la constitution et la vie de ces groupements. Il distingue ainsi puissance et domination.
– La **puissance** est la possibilité de faire triompher sa propre volonté, contre les résistances éventuelles, quels que soient les moyens utilisés. C'est un concept « socialement amorphe », dit Weber.
– La **domination** suppose au contraire, de la part des membres du groupement, non seulement la discipline mais, quelles qu'en soient les motivations, une certaine volonté d'obéir. La simple discipline repose sur une obéissance mécanique. La domination ne se réduit pas à la discipline.
C'est en cela que le véritable problème est celui de la domination : comment peut-on expliquer l'obéissance ?

d. Individu et groupes dominants

• La domination ne nécessite pas un groupe, ni une direction administrative, ni, *a fortiori*, l'État. **Il y a domination dès qu'un individu commande avec succès à d'autres.** Un individu peut exercer avec succès sa domination sans direction administrative. Un groupement, par sa direction administrative, est toujours un groupement de domination.
• Weber distingue trois types de groupements :
1. **le groupement politique**, dont les règlements s'exercent « de façon continue à l'intérieur d'un territoire géographique déterminé, par l'application et la menace d'une contrainte physique de la part de la direction administrative » ;
2. **l'État**, qui est une « entreprise politique de caractère institutionnel [disposant] dans l'application des règlements [du] monopole de la contrainte physique légitime » ;
3. **le groupement hiérocratique**, qui utilise la contrainte « psychique » pour garantir la validité de ses règlements (par distribution ou refus de biens spirituels du salut). Une Église est un exemple d'un tel groupement.

e. Le problème de la légitimation

Weber recherche les motifs de l'obéissance et, en particulier, de l'obéissance de la direction administrative aux détenteurs du pouvoir. Les motifs sont divers. Ils peuvent être strictement

matériels et « **rationnels en finalité** » (j'obéis parce qu'il en va de mon intérêt, par exemple); ils peuvent reposer sur la **coutume** ou être des **motifs affectifs**, ou, enfin, des **motifs idéaux** (valeurs). Mais aucun de ces motifs n'est suffisant pour assurer une domination stable. « Un facteur décisif plus large s'y ajoute normalement : la croyance en la légitimité. » Le genre de légitimité sur lequel repose une domination conditionne le type d'obéissance et le caractère de la domination. L'obéissance ne peut être comprise qu'en se fondant sur les méthodes de la sociologie compréhensive (▶ **chapitre 4**). Celui qui obéit agit comme s'il s'était dicté lui-même cette action.

f. Les modes légitimes de domination

• Weber détermine des types idéaux qui ne se présentent jamais à l'état pur dans la réalité. Il y a trois grands modes de domination suivant leur type de légitimité :
1. à caractère **rationnel**, reposant sur la croyance en la légalité des règlements arrêtés et du droit de donner des directives détenu par ceux qui exercent la domination;
2. à caractère **traditionnel**, reposant sur la croyance en la sainteté des traditions;
3. à caractère **charismatique**, reposant sur la soumission au caractère sacré de la personne.
Ces trois types de légitimité déterminent trois types de domination : la **domination légale** à direction administrative bureaucratique; la **domination traditionnelle** et la **domination charismatique**.
• La rationalisation croissante du monde accorde de plus en plus de place au premier type de domination. C'est pourquoi Weber est d'abord le théoricien de la **domination bureaucratique**. Hegel a déjà montré que l'État s'incarne dans un corps de magistrats et de fonctionnaires, qui constitue la médiation fondamentale entre la société civile et l'État. Mais chez Hegel, le problème de la bureaucratie n'est pas posé en termes de mode de domination.
• **Chez Weber, la domination bureaucratique est la caractéristique essentielle de l'État moderne.** Cette domination n'est plus légitimée par des valeurs transcendantes (la foi en Dieu ou dans le destin de la nation par exemple), mais par sa capacité à agir techniquement en vue d'une fin. On a une première description d'un phénomène qui ne cessera de prendre de l'ampleur : la

substitution du **gouvernement des experts** – ce qu'on appelle aussi la **technocratie** – au gouvernement proprement politique.

C. CRITIQUES DE LA DOMINATION

a. L'héritage de Weber

● **Les thèses de Weber ont de nombreux prolongements.** L'idée du poids croissant de la domination bureaucratique, d'une « bureaucratisation du monde », anime les débats politiques à partir des années 30 et au-delà. Fascisme et stalinisme apparaissent comme deux phénomènes symétriques exprimant une tendance commune.

● **Bien que Weber fût plutôt conservateur, ses théories influencent les marxistes critiques** réunis à partir de la fin des années 20 dans l'Institut pour la recherche sociale de l'université de Francfort. Pour eux, la critique générale de l'État et de l'exploitation est vaine si l'on ne met pas au jour les structures fondamentales de l'autorité, telles qu'elles s'expriment d'abord dans la famille – on fait appel à la théorie analytique de Freud – ou dans les relations sociales les plus ordinaires, dans l'entreprise, dans la vie associative, dans les manifestations culturelles. Il s'agit, comme chez Weber, de poursuivre le « désenchantement de l'État » pour construire une théorie des rapports de domination, qui apparaissent masqués dans la domination politique.

b. L'éthique de la discussion et la démocratie

● **Dernier héritier de l'école de Francfort, Jürgen Habermas** (né en 1929) non seulement critique la domination qui se cache derrière l'aptitude technique à organiser une activité rationnelle dirigée par les fins, mais encore propose une autre solution, par le retour à une théorie **normative** du politique. La discussion libre, entre partenaires de bonne foi, doit permettre de construire des normes raisonnables qui n'ont besoin ni de la caution de la théologie ni de celle de la raison pure, mais ont, cependant, une validité universelle indiscutable, dont le progrès démocratique des pays occidentaux constitue le témoignage historique.

● **Comment les normes et commandements issus d'une telle procédure peuvent-ils échapper à l'arbitraire ?** L'utilisation du langage, dans l'argumentation et dans la discussion, de manière pratique, contient des présuppositions concernant les autres participants à cette discussion. Ces présuppositions, sans avoir un caractère d'obligation d'action, donnent cependant la possibilité de définir des règles susceptibles de trouver l'assentiment de tous ceux qui participent à une discussion pratique. Autrement dit, c'est dans un certain type d'usage de la parole, un **agir orienté vers l'intercompréhension**, que Habermas voit la solution à la domination politique technocratique, fondée sur la rationalité instrumentale.

c. Le mythe du pouvoir

- **Si le problème de la philosophie politique n'est plus celui de l'État mais celui des formes multiples de la domination**, la forme politique de domination finit par s'évanouir. Elle n'est qu'une représentation, c'est-à-dire une mise en scène dans laquelle la toute-puissance du roi, par exemple, n'est là que pour mieux escamoter son impuissance fondamentale. Inversement, l'apparence éclatante du pouvoir devient inutile quand l'ordre s'auto-organise spontanément dans les cellules de base de la vie sociale.
- **Le travail de Michel Foucault** (1926-1984) tourne autour de cette **double logique du pouvoir** qui se montre pour mieux se cacher, qui n'apparaît comme un que parce qu'il est fondamentalement multiple. L'enfermement des fous à l'âge classique est l'exemple même de l'institution d'une discipline sociale bien plus fondamentale que les ors et pompes du pouvoir. Des utopies architecturales du XVIIIe siècle à la doctrine pénitentiaire moderne, Foucault montre comment se resserre la trame du quadrillage social. Enfin, à l'encontre des doctrines d'un freudo-marxisme schématique, Foucault démonte les thèses qui lient trop étroitement la « répression sexuelle » et l'inculcation du principe d'autorité.
- **A une problématique de l'opposition du souverain et des sujets**, du collectif et du particulier, de l'un et du multiple, de l'opposition du haut et du bas, se substitue donc une **problématique du quadrillage**, de l'irréductible multiplicité de la domination, située dans l'immanence même de la vie.

D. CONTRADICTION DU POLITIQUE

- **La philosophie politique est confrontée à une contradiction** qui la traverse de part en part. D'un côté, elle cherche à décrire l'essence du politique, au risque de n'être qu'une simple rationalisation de l'état de fait et de devenir un des rouages de la machine du pouvoir ou des pouvoirs : la raison au service de la « raison d'État » ? D'un autre côté, en étant purement normative, à la manière de Rousseau, elle prend le risque soit de l'impuissance, soit de l'arbitraire des « cités parfaites » qui ont ensanglanté l'histoire.

● **La difficulté n'est pas propre à la philosophie politique**, mais elle reflète la double nature de son objet. L'action politique est la mise en commun d'actes et de paroles dans un espace public. Elle détermine les structures qui permettent aux hommes d'agir ensemble et de garantir l'existence d'un monde humain. D'un autre côté pourtant, l'action politique est la conquête du pouvoir, c'est-à-dire ce par quoi un homme ou un groupe d'hommes assure sa domination sur d'autres groupes d'hommes.

C'est pourquoi **la violence peut être conjurée seulement dans l'espace politique**, et, en même temps, cet espace politique est, de manière récurrente, le lieu du déchaînement de la violence. C'est le seul lieu où le bien commun a un sens. Mais c'est aussi le moyen privilégié pour que la soif du pouvoir, des honneurs et de la richesse se donne libre cours.

Le docteur Jekyll du roman de Stevenson avait cru pouvoir séparer le bien du mal en chaque homme. La philosophie politique ne peut avoir cette prétention. Elle doit prendre son objet comme un tout, dans sa dualité essentielle, et décrire avec le maximum de réalisme ce qui est, sans renoncer à formuler ce qui doit être.

CONSEILS DE LECTURE

L'homme et la société

ARISTOTE, *Les Politiques*, Paris, GF-Flammarion, 1993.

KANT E., *Idée d'une histoire universelle d'un point de vue cosmopolitique*, in *Opuscules sur l'histoire*, Paris, GF-Flammarion, 1990.

Théories du social

DURKHEIM É., *Les Règles de la méthode sociologique*, Paris, PUF, coll. « Quadrige », 1993.

WEBER M., *Essais sur la théorie de la science*, Paris, Plon, 1965 ; rééd. Pocket, coll. « Agora », 1992.

L'inconscient du social

FREUD S., *Totem et Tabou*, Paris, Gallimard, 1993.

—, *Malaise dans la culture*, Paris, PUF, coll. « Quadrige », 1996.

LÉVI-STRAUSS C., *Anthropologie structurale*, Paris, Plon, coll. « Terre humaine », 1958 ; rééd. Pocket, 1985.

Une science du politique?

PLATON, *La République*, Paris, LGF, « Le Livre de poche », 1995.

—, *Le Politique*, Paris, GF-Flammarion, 1989.

Le contrat et l'État

HOBBES T., *Léviathan*, Paris, Sirey, 1971.

LOCKE J., *Traité du gouvernement civil*, Paris, GF-Flammarion, 1992.

SPINOZA, *Traité théologico-politique*, in *Œuvres* II, Paris, GF-Flammarion, 1965.

—, *Traité politique*, in *Œuvres* IV, Paris, GF-Flammarion, 1966.

L'État et la liberté

ROUSSEAU J.-J., *Du contrat social*, Paris, GF-Flammarion, 1989.

—, *Discours sur l'origine et les fondements de l'inégalité parmi les hommes*, Paris, GF-Flammarion, 1983.

L'État organique

FLEISCHMANN E., *La Philosophie politique de Hegel*, Paris, Gallimard, coll. « Tel », 1992.

HEGEL G. W. F., *Principes de la philosophie du droit*, Paris, Gallimard, coll. « Tel », 1989.

WEIL E., *Hegel et l'État*, Paris, Vrin, 1974.

Critiques de l'État

MARX K., *Critique du programme du parti ouvrier allemand*, in *Œuvres* I, Paris, Gallimard, coll. « La Pléiade », 1963.

—, *L'Idéologie allemande*, in *Philosophie*, Paris, Gallimard, coll. « Folio-Essais », 1994.

—, *Le 18 Brumaire de Louis Napoléon Bonaparte*, in *Œuvres* IV, Paris, Gallimard, coll. « La Pléiade », 1994.

STIRNER M., *L'Unique et sa propriété*, Paris, L'Age d'homme, 1988.

Pouvoir et domination

FOUCAULT M., *Surveiller et Punir*, Paris, Gallimard, coll. « Bibliothèque des histoires », 1989.

HABERMAS J., *La Technique et la Science comme idéologie*, Paris, Gallimard, coll. « Tel », 1990.

—, *De l'éthique de la discussion : que signifie* Diskurethik ?, Paris, Cerf, 1992.

TOCQUEVILLE A., *De la démocratie en Amérique*, 2 tomes, Paris, Gallimard, coll. « Folio essais », 1986.

WEBER M., *Économie et Société*, Paris, Plon, 1971 ; rééd. Pocket, 1995, 2 vol.

RÉALISATION : ATELIER GRAPHIQUE DES ÉDITIONS DE SEPTEMBRE À PARIS
IMPRESSION : AUBIN IMPRIMEUR À POITIERS
DÉPÔT LÉGAL MARS 1997. N° 30826 (L53381)